今生只活得深情二字

梁实秋 ——

作品

北京时代华文书局

梁实秋先生的话

人类最高理想应该是人人能有闲暇，于必须的工作之余还能有闲暇去做人，有闲暇去做人的工作，去享受人的生活。我们应该希望人人都能属于"有闲阶级"。有闲阶级如能普及于全人类，那便不复是罪恶。人在有闲的时候才最像是一个人。手脚相当闲，头脑才能相当地忙起来。我们并不向往六朝人那样萧然若神仙的样子，我们却企盼人人都能有闲去发展他的智慧与才能。

人生的路途，多少年来就这样地践踏出来了，人人都循着这路途走，你说它是蔷薇之路也好，你说它是荆棘之路也好，反正你得乖乖地把它走完。

我看世间一切有情，是有一个新陈代谢的法则，是有遗传嬗递的迹象，人恐怕也不是例外，长江后浪推前浪，一代新人换旧人，如是而已。

人世间的声音太多了，虫啾、蛙鸣、蝉噪、鸟啭、风吹落叶、雨打芭蕉，这一切自然的声音都是可以容忍的，唯独从人的喉咙里发出来的音波和人手操作的机械发出来的声响，往往令人不耐。

有时候，只要把心胸敞开，快乐也会逼人而来。这个世界，这个人生，有其丑恶的一面，也有其光明的一面。良辰美景，赏心乐事，随处皆是。智者乐水，仁者乐山。雨有雨的趣，晴有晴的妙，小鸟跳跃啄食，猫狗饱食酣睡，哪一样不令人看了觉得快乐？

醒来听见鸟啭，一天都是快活的。走到街上，看见草上的露珠还没有干，砖缝里被蚯蚓倒出一堆一堆的沙土，男的女的担着新鲜肥美的菜蔬走进城来，马路上有戴草帽的老朽女清道夫，还有无数的青年男女穿着熨平的布衣精神抖擞地携带着"便当"骑着脚踏车去上班——这时候我衷心充满了喜悦！这是一个活的世界，这是一个人的世界，这是生活！

寂寞是一种清福。我在小小的书斋里，焚起一炉香，袅袅的一缕烟线笔直地上升，一直戳到顶棚，好像屋里的空气是绝对的静止，我的呼吸都没有搅动出一点儿波澜似的。在这寂寞中我意识到了我自己的存在——片刻的孤立的存在。

我所谓的寂寞，是随缘偶得，无须强求，一霎间的妙悟也不嫌短，失掉了也不必怅惘。但凡我有一刻寂寞时，我要好好的享受它。

人的身与心应该都保持清洁，而且并行不悖。

旧的东西之可留恋的地方固然很多，人生之应该日新又新的地方亦复不少。

退休不一定要远离尘嚣，遁迹山林，也无须隐藏人海，杜门谢客——一个人真正地退休之后，门前自然车马稀。

四十开始生活，不算晚，问题在"生活"二字如何诠释。中年的妙趣，在于相当地认识人生，认识自己，从而做自己所能做的事，享受自己所能享受的生活。科班的童伶宜于唱全本的大武戏，中年的演员才能担得起大出的轴子戏，只因他到中年才能真懂得戏的内容。

真正理想的伴侣是不易得的，客厅里的好朋友不见得即是旅行的好伴侣，理想的伴侣须具备许多条件，不能太脏，也不能有洁癖，不能如泥塑木雕，如死鱼之不张嘴，也不能终日喋喋不休，整夜鼾声不已，不能油头滑脑，也不能蠢头呆脑，要有说有笑，有动有静，静时能一声不响地陪着你看行云，听夜雨，动时能在草地上打滚像一条活鱼！这样的伴侣哪里去找？

常听人说烦恼即菩提，我们凡人遇到烦恼只是深感烦恼，不见菩提。快乐是在心里，不假外求，求即往往不得，转为烦恼。所谓快乐幸福乃是解除痛苦之谓。没有苦痛便是幸福。再进一步看，没有苦痛在先，便没有幸福在后。

好的习惯千头万绪，"勿以善小而不为"。习惯养成之后，便毫无勉强，临事心平气和，顺理成章。充满良好习惯的生活，才是合于"自然"的生活。

人不读书，则所为何事，大概是身陷于世网尘劳，困厄于名缰利锁，五烧六蔽，苦恼烦心，自然面目可憎，焉能语言有味？

一个人在学问上果能感觉到趣味，有时真会像是着了魔一般，真能废寝忘食，真能不知老之将至，苦苦钻研，锲而不舍，在学问上焉能不有收获？

我常幻想着"风雨故人来"的境界，在风飒飒雨霏霏的时候，心情枯寂百无聊赖，忽然有客款扉，把握言欢，莫逆于心。

我不愿送人，亦不愿人送我，对于自己真正舍不得离开的人，离别的那一刹那像是开刀，凡是开刀的场合照例是应该先用麻醉剂，使病人在迷蒙中度过那场痛苦，所以离别的苦痛最好避免。一个朋友说："你走，我不送你，你来，不论多大风多大雨，我要去接你。"我最赏识那种心情。

目录

梁实秋先生的话

自奉欲俭，待人不可不丰。

朋友们的恩惠在我们的心上是永不泯灭的，以后纵然有机会能够报答一二，也不能磨灭我们心上的刻痕。

今生只活得
深情二字

槐园梦忆

她仍然活在我心中

一

季淑于一九七四年四月三十日逝世，五月四日葬于美国西雅图之槐园（Acacia Memorial Park）。槐园在西雅图市的极北端，通往包泽尔（Bothell）的公路的旁边，行人老远地就可以看见那一块高地，芳草如茵，林木蓊郁，里面的面积很大，广袤约百数十亩。季淑的墓在园中之桦木区（Birch Area），地号是16-C-33，紧接着的第十五号是我自己的预留地。这个墓园本来是共济会所创建的，后来变为公开，非会员亦可使用。园里既没有槐，也没有桦，有的是高大的枞杉和山杜鹃之属的花木。此地墓而不坟，墓碑有标准的形式与尺寸，也是平铺在地面上，不是竖立着的，为的是便利机车割草。墓地一片草皮，永远是绿茸茸，经常有人修剪浇水。墓旁有一小喷水池，虽只喷涌数尺之高，但汩汩之泉其声呜咽，逝者如斯，发人深省。往远处看，一层层的树，一层层的山，天高云谲，瞬息万变。俯视近处则公路蜿蜒，车如流水，季淑就是在这样的一个地方长眠千古。

"圣人忘情，最下不及情，情之所钟，正在我辈"，这是很平实的话。虽不必如荀粲之惑溺，或蒙庄之鼓歌，但夫妻胖合，一旦永诀，则不能不中心惨怛。"美国华盛顿大学心理治疗系教授霍姆斯设计一种计点法,把生活中影响我们的变异,不论好坏,依其点数列出一张表。"(见一九七四年五月份《读者文摘》中文版)在这张表上"丧偶"高列第一,一百点,依次是离婚七十三点,判服徒刑六十三点,等等。丧偶之痛的深度是有科学统计的根据的。我们中国文学里悼亡之作亦屡屡见,晋潘安仁有《悼亡诗》三首:

荏苒冬春谢,寒暑忽流易。

之子归穷泉,重壤永幽隔。

私怀谁克从,淹留亦何益。

黾勉恭朝命,回心反初役。

望庐思其人,入室想所历。

帏屏无仿佛,翰墨有余迹。

流芳未及歇,遗挂犹在壁。

怅恍如或存,回遑忡惊惕。

如彼翰林鸟,双栖一朝只。

如彼游川鱼,比目中路析。

春风缘隙来,晨溜承檐滴。

寝息何时忘,沉忧日盈积。

庶几有时衰,庄缶犹可击。

皎皎窗中月,照我室南端。

清商应秋至,溽暑随节阑。

凛凛凉风升,始觉夏衾单。

岂曰无重纩，谁与同岁寒。

岁寒无与同，朗月何胧胧。

辗转盼枕席，长簟竟床空。

床空委清尘，室虚来悲风。

独无李氏灵，仿佛睹尔容。

抚衿长叹息，不觉涕沾胸。

沾胸安能已，悲怀从中起。

寝兴目存形，遗言犹在耳。

上惭东门吴，下愧蒙庄子。

赋诗欲见志，零落难具纪。

命也可奈何，长戚自令鄙。

曜灵运天机，四节代迁逝。

凄凄朝露凝，烈烈夕风厉。

奈何悼淑俪，仪容永潜翳。

念此如昨日，谁知已卒岁。

改服从朝政，哀心寄私制。

茵帱张故房，朔望临尔祭。

尔祭讵几时，朔望忽复尽。

衾裳一毁撤，千载不复引。

亹亹期月周，戚戚弥相愍。

悲怀感物来，泣涕应情陨。

驾言陟东阜，望坟思纡轸。

徘徊墟墓间，欲去复不忍。

徘徊不忍去，徙倚步踟蹰。

落叶委埏侧，枯荄带坟隅。

孤魂独茕茕，安知灵与无。

投心遵朝命，挥涕强就车。

谁谓帝宫远，路极悲有余。

这三首诗从前读过，印象不深，现在悼亡之痛轮到自己，环诵再三，从"重壤永幽隔"至"徘徊墟墓间"，好像潘安仁为天下丧偶者道出了心声。故录此诗于此，代抒我的哀思。不过古人为诗最重含蓄蕴藉，不能有太多细腻写实的描述。例如，我到季淑的墓上去，我的感受便不只是"徘徊不忍去"，亦不只是"孤魂独茕茕"，我要先把鲜花插好（插在一只半埋在土里的金属瓶里），然后灌满了清水；然后低声地呼唤她几声，我不敢高声喊叫，无此需要，并且也怕惊了她；然后我把一两个星期以来所发生的比较重大的事报告给她，我不能不让她知道她所关切的事；然后我默默地立在她的墓旁，我的心灵不受时空的限制，飞跃出去和她的心灵密切吻合在一起。如果可能，我愿每日在这墓园盘桓，回忆既往，没有一个地方比槐园更使我时时刻刻地怀念。

死是寻常事，我知道，堕地之时，死案已立，只是修短的缓刑期间人各不同而已。但逝者已矣，生者不能无悲。我的泪流了不少，我想大概可以装满罗马人用以殉葬的那种"泪壶"。有人告诉我，时间可以冲淡哀思。如今几个月已经过去，我不再泪天泪地地哭，但是哀思却更深了一层，因为我不能不回想五十多年的往事，在回忆中好像我把如梦如幻的过去的生活又重新体验一次，季淑没有死，她仍然活在我的心中。

二

　　季淑是安徽省徽州绩溪县人。徽州大部分是山地，地瘠民贫，很多人以种茶为业，但是皖南的文风很盛，人才辈出。许多人外出谋生，其艰苦卓绝的性格大概和那山川的形势有关。季淑的祖父程公讳鹿鸣，字苹卿，早岁随经商的二伯父到了京师。下帷苦读，场屋连捷，后实授直隶省大名府知府，勤政爱民，不义之财一芥不取，致仕时囊橐以去者仅万民伞十余具而已。其原配逝时留下四女七子，长子讳佩铭字兰生即季淑之父，后再续娶又生二子，故程府人丁兴旺，为旅食京门一大家族。季淑之母吴氏，讳浣身，安徽歙县人，累世业茶，寄籍京师。季淑之父在京经营笔墨店程五峰斋，全家食指浩繁，生活所需皆取给于是，身为长子者为家庭生计而牺牲其读书仕进。季淑之母位居长嫂，俗云"长嫂比母"，于是操持家事艰苦备尝，而周旋于小姑小叔之间其含辛茹苦更不待言。科举废除之后，笔墨店之生意一落千丈，程五峰斋终于倒闭。季淑父只身走关外，不久殁于客中，时季淑尚在髫龄，年方九岁，幼年失怙打击终身。季淑同胞五人，大姐孟淑长季淑十一岁，出嫁丁氏，抗战期间在川尚曾晤及，二姐仲淑、兄道立、弟道宽则均于青春有为之年死于肺痨。与母氏始终相依为命者，唯季淑一人。

　　季淑的祖父，六十岁患瘫痪，半身不遂。而豪气未减，每天看报，看到贪污枉法之事，就拍桌大骂声震屋瓦。雅好美食，深信"七十非肉不饱"之义，但每逢朔望则又必定茹素为全家祈福，茹素则哽咽不能下咽，于是非嫌油少，即怪盐多。有一位叔父乘机进言："何不请大嫂代表茹素，双方兼顾？"一方是"心到神知"之神，一方是非肉不饱的老者。从此我的岳母朔望代表茹素，直到祖父八十寿终而后已。叔父们常常宴客，宴客则请大嫂下厨，家里虽有厨师，佳肴仍需亲自料理，灶前伫立过久，足底生茧，以至老年不良于行。平素家里用餐，长幼有别，男女有别，媳妇孙女常常只能享受一些残羹剩炙。有一回一位叔父扫除房间，命季淑抱一石屏风至户外拂拭，那时她只有十岁光景，出门而蹐，石屏风破碎，叔父大怒，虽未施夏楚，但苛责之余复命长跪。

季淑从小学而中学而国立北京女高师之师范本科，几乎在饔飧不继的情形之下靠她自己努力奋斗而不辍学，终于一九二一年六月毕业。从此她离开了那个大家庭，开始她的独立的生活。

三

季淑于女高师的师范本科毕业之后，立刻就得到一份职业。由于她的女红特佳，长于刺绣，她的一位同学欧淑贞女士任女子职业学校校长，约她去担任教师。我就是在这个时候认识她的。

我们认识的经过是由于她的同学好友黄淑贞（湘翘）女士的介绍，"娶妻如何，匪媒不得"。淑贞的父亲黄运兴先生和我父亲是金兰之交，他是湖南沅陵人，同在京师警察厅服务，为人公正率直而有见识，我父亲最敬重他。我当初之投考清华学校也是由于这位父执之极力怂恿。其夫人亦是健者，勤俭耐劳，迥异庸流。淑贞在女高师体育系，和季淑交称莫逆，我不知道她怎么想起把她的好友介绍给我。她没有直接把季淑介绍给我。她是浼她母亲（父已去世）到我家正式提亲做媒的。我在周末回家时在父亲书房桌上信斗里发现一张红纸条，上面恭楷写着"程季淑，安徽绩溪人，年二十岁，一九〇一年二月十七日寅时生"。我的心一动。过些日我去问我大姐，她告诉我是有这么一回事，并且她说已陪母亲到过黄家去相亲，看见了程小姐。大姐很亲切地告诉我说："我看她人挺好，蛮斯文的，双眼皮大眼睛，身材不高，腰身很细，好一头乌发，绾成一个髻堆在脑后，一个大篷覆着前额，我怕那篷下面遮掩着疤痕什么的，特地搭讪着走过去，一面说着'你的头发梳得真好'，一面掀起那发篷看看。"我赶快问："有什么没有？"她说："什么也没有。"我们哈哈大笑。

事后想想，这事不对，终身大事须要自作主张。我的两个姐姐和大哥都是凭了媒妁之言和家长的决定而结婚的。这时候是"五四运动"后两年，新的思想打动了所有的青年。我想了又想，决定自己直接写信给程小姐问她愿否和我做个朋友。信由专差送到女高师，没有回音，我也就断了这个念头。过了很久，时届冬季，我忽然接到一封匿名的英文信，告诉我"不要灰心，程小姐现在女子职业学校教书，可以打电话去直接联络……"等语。朋友的好意真是可感。我遵照指示大胆地拨了一个电话给一位素未谋面的小姐。

季淑接了电话，我报了姓名之后，她一惊，半晌没说出话来，我直截了当地要求去见面一谈，她支支吾吾地总算是答应我了。她生长在北京，当然说的是道地的北京话，但是她说话的声音之柔和清脆是我所从未听到过的。形容歌声之美往往用"珠圆玉润"四字，实在是非常恰当。我受了刺激，受了震惊，我在未见季淑之前先已得到无比的喜悦。莎士比亚在《李尔王》五幕三景有一句话：

Her voice was ever soft,

Gentle and low, an excellent thing in woman.

她的言语总是温和的，

轻柔而低缓，是女人最好的优点。

好不容易熬到会见的那一天！那是一个星期六午后，我只有在周末才能进城。由清华园坐人力车到西直门，约一小时，我特别感觉到那是漫漫的长途。到西直门换车进城。女子职业学校在宣武门外珠巢街，好荒凉而深长的一条巷子，好像是从北口可以望到南城根。由西直门走了半个多小时，终于找到了这条街上的学校。看门的一个老头儿引我进入一间小小的会客室。等了相当长久的时间，一阵唧唧哝哝的笑语声中，两位小姐推门而入。这两位我都是初次见面。黄小姐的父亲我是见过多次的，她的相貌很像她的父亲，所以我立刻就知道另一位就是程小姐。但是黄小姐还是礼貌地给我们介绍了。不大的工夫，黄小姐托故离去，季淑急得直叫"你不要走，你不要走"。我们两个互相打量了一下，随便扯了几句淡话。季淑确是有一头乌发，如我大姐所说，发髻贴在脑后，又圆又凸，而又亮晶晶的，一个松松泡泡的发篷覆在额前。我大姐不轻许人，她认为她的头发确实处理得好。她的脸上没有一点脂粉，完全本来面目，她若和一些浓妆艳抹的人出现在一起会令人有异样的感觉。我最不喜欢上帝给你一张脸面你自己另造一张。季淑穿的是一件灰蓝色的棉袄，一条黑裙子，长抵膝头。我偷眼往桌下一看，发现她穿着一双黑绒面的棉毛窝，上面凿了许多眼，系着黑带子，又暖和又舒服的样子。衣服、裙子、毛窝，显然全是自己缝制的。她是百分之百的一个朴素的女学生。我那一天穿的是一件蓝呢长袍，挽着袖口，胸前挂着清华的校徽，穿着一双棕色皮鞋。好多年后季淑对我说，她喜欢我那一天的装束，也因为那是普通的学生样子。那时候我照过一张全身立像，我举以相赠，季淑一直偏爱这张照片，后来到了台湾她还特为放大，悬在寝室，我在她入殓的时候把这张照片放进棺内，我对着她的尸体告别说："季淑，我没有别的东西送给你，你把你所最喜爱的照片拿去吧！它代表我。"

短暂的初次会晤大约有半小时。屋里有一个小火炉，阳光照在窗户纸上，使小屋和暖如春。这是北方旧式房屋冬天里所特有的一种气氛。季淑不是健谈的人，她有几分矜持，但是她并不羞涩。我起立告辞，我没有忘记在分手之前先约好下次会面的时间与地点。

下次会面是在一个星期后，地点是中央公园。人类的历史就是由一个男人一个女人在一个花园里开始的。中央公园地点适中，而且有许多地方可以坐下来休息。唯一讨厌的是游人太多，像来今雨轩、春明馆、水榭，都是人挤人、人看人的地方，为我们所不取。我们愿意找一个僻静的亭子、池边的木椅，或石头的台阶。这种地方又往往为别人捷足先登或盘踞取闹。我照例是在约定的时间前十五分钟到达指定的地点。和任何人要约，我也不愿迟到。我通常是在水榭的旁边守候，因为从那里可以望到公园的门口。等人是最令人心焦的事，一分一秒地耗着，不知看多少次手表，可是等到你所期待的人远远地姗姗而来，你有多少烦闷也丢到九霄云外去了。季淑不愿先我而至，因为在那个时代一个年轻女子只身在公园里蹓着是会引起麻烦来的。就是我们两个并肩在路上行走，也常有些不三不四的人在吹口哨。

有时候我们也到太庙去相会，那地方比较清静，最喜的是进门右手一大片柏树林，在春暖以后有无数的灰鹤停驻在树巅，嘹唳的声音此起彼落，有时候轰然振羽破空而去。在不远处设有茶座，季淑最喜欢鸟，我们常常坐在那里对着灰鹤出神。可是季节一过，灰鹤南翔，这地方就萧瑟不堪，连坐的地方也没有了。北海当然是好去处，金鳌玉的桥我们不知走过多少次数。漪澜堂是来往孔道，人太杂沓，五龙亭最为幽雅。大家挤着攀登的小白塔，我们就不屑一顾了。电影偶然也看，在真光看的飞来伯主演的《三剑客》，丽琳吉施主演的《赖婚》至今印象犹新，其余的一般影片则我们根本看不进去。

清华一位同学戏分我们一班同学为九个派别，其一曰"主日派"，指每逢星期日则精神抖擞整其衣冠进城去做礼拜，风雨无阻，乐此不倦，当然各有各的崇拜偶像，而其衷心向往虔心归主之意则一。其言虽谑，确是实情。这一派的人数不多，因为清华园是纯粹男性社会，除了几个洋婆子教师和若干教师眷属之外看不到一个女性。若有人能有机缘进城会晤女友，当然要成为令人羡慕的一派。我自度应属于此派。可怜现在事隔五十余年，我每逢周末又复怀着朝圣的心情去到槐园墓地捧着一束鲜花去做礼拜！

不要以为季淑和我每周小聚是完全无拘无束的享受。在我们身后吹口哨的固不乏人，不吹口哨的人也大都对我们投以惊异的眼光。这年纪轻轻的一男一女，在公园里彳亍而行，喁喁而语，是做什么的呢？我们怵于形势，只能在这些公开场所谋片刻的欢晤。季淑的家是一个典型的大家庭，人多口杂。按照旧的风俗，一个二十岁的大姑娘和一个青年男子每周约会在公共场所出现，是骇人听闻的事，罪当活埋！冒着活埋的危险在公园里游憩啜茗，不能说是无拘无束。什么事季淑都没瞒着她的母亲，母亲爱女心切，没有责怪她，反而殷殷垂询，鼓励她，同时也警戒她要一切慎重，无论如何不能让叔父们知道。所以季淑绝对不许我到她家访问，也不许寄信到她家里。我的家简单一些，也没有那么旧，但是也没有达到可以公开容忍我们的行为的地步。只有我的三妹绣玉（后改亚紫）知道我们的事，并且同情我们、帮助我们。她们很快地成为好友，两个人合照过一张相，我保存至今。三妹淘气，有一次当众戏呼季淑为二嫂，后来季淑告诉我，当时好窘，但是心里也有一丝高兴。

事有凑巧，有一天我们在公园里的四宜轩品茗。说起四宜轩，这是我们毕生不能忘的地方。名为四宜，大概是指四季皆宜，"春有百花秋有月，夏有凉风冬有雪"。四宜轩在水榭对面，从水榭旁边的土山爬上去，下来再钻进一个乱石堆成的又湿又暗的山洞；跨过一个小桥，便是。轩有三楹，四面是玻璃窗。轩前是一块平地，三面临水，水里有鸭。有一回冬天大风雪，我们躲在四宜轩里，另外没有一个客人，只有茶房偶然提着开水壶过来，在这里我们初次坦示了彼此的爱。现在我说事有凑巧的一天是在夏季，那一天我们在轩前平地的茶座休息，在座的有黄淑贞，我突然发现不远一个茶桌坐着我的父亲和他的几位朋友。父亲也看见了我，他走过来招呼，我只好把两位小姐介绍给他，季淑一点也没有忸怩不安，倒是我觉得有些局促。我父亲代我付了茶资随后就离去了。回到家里，父亲问我："你们是不是三个人常在一起玩？"我说："不，黄淑贞是偶然遇到邀了去的。"父亲说："我看程小姐很秀气，风度也好。"从此父亲不时地给我钱，我推辞不要，他说："拿去吧，你现在需要钱用。"父亲为儿子着想是无微不至的。从此父亲也常常给我劝告，为我出主意，我们后来婚姻成功多亏父亲的帮助。

一九二二年夏，季淑辞去女职的事，改任石驸马大街女高师附属小学的教师。附小是季淑的母校，校长孙世庆原是她的老师，孙校长特别赏识她，说她稳重，所以聘她返校任职。季淑果不负他的期望，在校成为最肯负责的教师之一，屡次得到公开的褒扬。我常到附小去晤见季淑，然后一同出游。我去过几次之后，学校的传达室工友渐感不耐，我赶快在节关前后奉上银饼一枚，我立刻看到了一张笑逐颜开的脸，以后见了我，不等我开口就说："梁先生您来啦，请会客室坐，我就去请程先生出来。"会客室里有一张鸳鸯椅，正好容两个人并坐。我要坐候很久，季淑才出来，因为从这时候起她开始知道修饰，每和我相见必定盛装。王右家是她这时候班上的学生之一。抗战爆发后我在天津罗努生、王右家的寓中下榻旬余日，有一天右家和我闲聊，她说：

"实秋你知道么，你的太太从前是我的老师。"

"我听内人说起过，你那时是最聪明美丽的一个学生。"

"哼，程老师是我们全校三十几位老师中之最漂亮的一位。每逢周末她必定盛装起来，在会客室晤见一位男友，然后一同出去。我们几个学生就好奇地麇集在会客室的窗外往里窥视。"

我告诉右家，那男友即是我。右家很吃一惊。我回想起，那时是有一批淘气的女孩子在窗外叽叽嘎嘎。我们走出来时，也常有蹦蹦跳跳的孩子们追着喊"程老师，程老师"，季淑就拍着她们的脑袋说："快回去，快回去！"

"你还记得程老帅是怎样的打扮么？"我问右家。

右家的记忆力真是惊人。她说："当然。她喜欢穿的是上衣之外加一件紧身的黑缎背心，对不对？还有藏青色的百褶裙。薄薄的丝袜子，尖尖的高跟鞋。那高跟足有三寸半，后跟中细如蜂腰，黑绒鞋面，鞋口还锁着一圈绿丝线……"

我打断了她的话："别说了，别说了，你形容得太仔细了。"于是我们就泛论起女人的服装。右家说："一个女人最要紧的是她的两只脚。你没注意么，某某女士，好好的一个人，她的袜子好像是太松，永远有皱褶，鞋子上也有一层灰尘，令人看了不快。"我同意她的见解，我最后告诉她莎士比亚的一句名言："她的脚都会说话。"（见《脱爱勒斯与克莱西达》第四幕第五景）右家提起季淑的那双高跟鞋，使我忆起两件事。有一次我们在公园里散步，后面有几个恶少紧随不舍，其中有一个人说："嘿，你瞧，有如风摆荷叶！"虽然可恶，我却觉得他善于取譬。后来我填了一首《卜算子》，中有一句"荷叶迎风舞"，即指此事。又有一次，在来今雨轩后面有一个亭子，通往亭子的小径都铺满了鹅卵石，季淑的鞋跟陷在石缝中间，扭伤了踝筋，透过丝袜可以看见一块红肿，在亭子里休息很久我才搀扶着她回去。

"五四"以后，写白话诗的风气颇盛。我曾说过，一个青年，到了"怨黄莺儿作对，怪粉蝶儿成双"的时候，只要会说白话，好像就可以写白话诗，我的第一首情诗，题为《荷花池畔》，发表在《创造》季刊，记得是第四期，成仿吾还不客气地改了几个字。诗没有什么内容，只是一团浪漫的忧郁。荷花池是清华园里唯一的风景区，有池有山有树有石栏，我在课余最喜欢独自一个在这里徘徊。诗共八节，每节四行，居然还凑上了自以为是的韵。我把诗送给父亲看，他笑笑避免批评，但是他建议印制自己专用的诗笺，他负责为我置办，图案由我负责。这是对我的一大鼓励。我当即参考图籍，用双钩饕餮纹加上一些螭虎，画成一个横方的宽宽的大框，框内空处写诗。由荣宝斋精印，图案刷浅绿色。朋友们写诗的人很多，谁也没见过这样豪华的壮举。诗，陆续做了几十首，我给我的朋友闻一多看，他大喜若狂，认为得到了一个同道的知己。我的诗稿现已不存，只是一多所做《冬夜评论》一文里引录了我的一首《梦后》，诗很幼稚，但是情感是真的。

　　"吾爱啊！

　　你怎又推荐那孤单的枕儿，

伴着我眠，偎着我的脸？"

醒后的悲哀啊！

梦里的甜蜜啊！

我怨雀儿，

雀儿还在檐下蜷伏着呢！

他不能唤我醒——

他怎肯抛了他的甜梦呢？

"吾爱啊！

对这得而复失的馈礼，

我将怎样地怨艾呢？

对这缥缈浓甜的记忆，

我将怎样地咀嚼哟！"

孤零零的枕儿啊！

想着梦里的她，

舍不得不偎着你；

她的脸儿是我的花，

我把泪来浇你！

　　不但是白话，而且是白描。这首诗的故实是起于季淑赠我一个枕套，是她亲手缝制的，在雪白的绸子上她用抽丝的方法在一边挖了一朵一朵的小花，然后挖出一串小孔穿进一根绿缎带，缎带再打出一个同心结。我如获至宝，套在我的枕头上，不大不小正合适。伏枕一梦香甜，矍然惊觉，感而有作。其实这也不过是《诗经》所谓"寤寐无为，辗转伏枕"的意思。另外还有一首《咏丝帕》，内容还记得，字句记不得了。我与季淑约会，她从来不曾爽约，只有一次我候了一小时不见她到来。我只好懊丧地回去，事后知道是意外发生的事端使她迟到，她也是怏怏而返。我把此事告诉一多，他责备我未曾久候，他说："你不知道尾生的故事么？《汉书·东方朔传》注：'尾生，古之信士，与女子期于桥下，待之不至，遇水而死。'"这几句话给了我一个启示，我写一首长诗《尾生之死》，惜未完成，仅得片断。

四

两年多的时间过得好快，一九二三年六月我在清华行毕业礼，八月里就要放洋，这在我是一件很忧伤的事。我无意到美国去，我当时觉得要学文学应该留在中国，中国的文学之丰富不在任何国家之下，何必去父母之邦？但是季淑见事比我清楚，她要我打消这个想法，毅然准备出国。

行毕业礼的前些天，在清华礼堂晚上演了一出新戏《张约翰》，是顾一樵临时赶编的。戏里面的人物有两个是女的，此事大费踌躇，谁也不肯扮演女性。最后由吴文藻和我自告奋勇才告解决。我把这事告诉季淑，她很高兴。在服装方面向她请教，她答应全力帮助，她亲手为我缝制，只有鞋子无法解决，季淑的脚比我小得太多。后来借到我的图画教师美籍黎盖特小姐的一双白色高跟鞋，在鞋尖处塞了好大一块棉花才能走路。我邀请季淑前去观剧，当晚即下榻清华，由我为她预备一间单独的寝室。她从来没到过清华，现在也该去参观一次。想不到她拒绝了。我坚请，她坚拒。最后她说："你若是请黄淑贞一道去，我就去。"我才知道她需要一个伴护。那一天，季淑偕淑贞翩然而至。我先领她们绕校一周，在荷花池畔徘徊很久，在亭子里休

息，然后送她们到高等科大楼的楼上我所特别布置的一间房屋，那原是学生会的会所，临时送进两张钢丝床。工友送茶水，厨房送菜饭，这是一个学生所能做到的最盛大的招待。在礼堂里，我保留了两席最优的座位。戏罢，我问季淑有何感受，她说："我不敢仰视。"我问何故，她笑而不答。我猜想，是不是因为"良人者所仰望而终身也，今若此"？好久以后问她，她说不是，"我看你在台上演戏，我心里喜欢，但是我不知为什么就低下了头，我怕别人看我！"

清华的留学官费是五年，三年期满可以回国就业实习，余下两年官费可以保留，但实习不得超过一年。我和季淑约定，三年归来结婚。所以我的父母和我谈起我的婚事，我便把我和季淑的成约禀告。我的父母问我要不要在出国之前先行订婚，我说不必，口头的约定有充足的效力。也许我错误了。

也许先有订婚手续是有益的，可以使我安心在外读书。

　　季淑的弟弟道宽在师大附中毕业之后，叔父们就忙着为他觅求职业，正值邮局招考服务人员，命他前去投考，结果考取了。季淑不以为然，要他继续升学。叔父们表示无力供给，季淑就说她可以担负读书费用。事实上季淑在女师附小任教的课余时间尚兼两个家馆，在董康先生、钟炳芬先生家里都担任过西席，宾主相得，待遇优厚，所以她有余力一面侍奉老母一面供给弟弟，虽然工作劳累，但她情愿独力担起弟弟就学的负担。但是叔父们不赞成，明言要早日就业，分摊家用。他本人也不愿累及胞姐，乃决定就业。那份工作很重，后来感染结核之后力疾上班，终于不起。道宽就业不久，更严重的问题逼人而来。叔父们要他结婚，季淑乃挺身抗议，以为他的年纪尚小，健康不佳，应稍从缓。叔父们的意见以为授室之后才算是尽了提携侄辈的天职，于心方安。同时冷言讥诮："是不是你自己想在你弟弟之先结婚？"道宽怯懦，禁不起大家庭的压迫，遂遵命结婚。妻李氏，人很贤淑，不幸不久亦感染结核症相继而逝。

　　也许是一年多来我到石驸马大街去的回数太多了一点，大约五六十次总是有的。学生如王右家只注意到了程老师的漂亮，同事当中有几位有身世之感的人可就觉得看不顺眼。渐渐有人把话吹到校长孙世庆的耳里。孙先生头脑旧一些，以为青年男女胆敢公然缔交出入黉舍，纵然不算是大逆不道，至少是有失师道尊严，所以这一年夏天季淑就没收到续聘书。没得话说，卷铺盖。不同时代的人，观念上有差别，未可厚非。季淑也自承疏忽，不该贪恋那张鸳鸯椅，我们应该无间寒暑地到水榭旁边去见面。所以我们对于孙世庆没有怨言，倒是他后来敌伪时期做了教育局长晚节不终，以至于明正典刑，我们为他惋惜。季淑决定乘我出国期间继续求学，于是投考国立美术专科学校，专习国画，晚间两个家馆的收入足可维持生活，榜发获捷，我们都很欢喜。

除了一盒精致信笺信封以外，我从来没送过她任何东西，我深知她的性格，送去也会被拒。那一盒文具，也是在几乎不愉快的情形之下才被收纳的。可是在长期离别之前不能不有馈赠，我在廊房头条太平洋钟表店买了一只手表，在我们离别之前最后一次会晤时送给了她。我解下她的旧的，给她戴上新的，我说："你的手腕好细！"真的，不盈一握。

季淑送我一幅她亲自绣的"平湖秋月图"。是用乱针方法绣的，小小的一幅，不过7寸×10.2寸，有亭有水有船有树，是很好的一幅图画，配色尤为精绝。在她毕业于女高师的那一年夏天，她们毕业班曾集体做江南旅行，由南京、镇江、苏州、无锡、上海，以至杭州，所有的著名风景区都游览殆遍。我们常以彼此游踪所至作为我们谈话的资料。我们都爱西湖，她曾问我西湖八景之中有何偏爱，我说我最喜"平湖秋月"，她也正有同感。所以她就根据一张照片绣成一幅图画给我。那大片的水，大片的天，水草树木，都很不容易处理。我把这幅绣画带到美国，被一多看到，大为击赏，他引我到一家配框店选择了一个最精美而又色彩最调和的框子，悬在我的室中，外国人看了认为是不可想象的艺术作品。可惜半个世纪过后，有些丝线脱跳，色彩褪了不少，大致还是完好的。

我在八月初离开北京。临行前一星期我请季淑午餐，地点是劝业场三楼玉楼春。我点了两个菜之后要季淑点，她是从来不点菜的，经我逼迫，她点了"两做鱼"，因为她偶然听人说起广和居的两做鱼非常可口，初不知是一鱼两做。饭馆也恶作剧竟选了一条一尺半长的活鱼，半烧半炸，两大盘子摆在桌上，我们两个面面相觑，无法消受。这件事我们后来说给我们的孩子

我不要你风生虎啸，我愿你老来无事饱加餐。

头白不白，没有关系，不过我们是已经到了偕老的阶段。

听，都不禁呵呵大笑。文蔷最近在饭馆里还打趣地说："妈，你要不要吃两做鱼？"这是我们年轻时候的韵事之一。事实上她是最喜欢吃鱼，如果有干烧鲫鱼佐餐，什么别的都不想要了。在我临行的前一天，她在来今雨轩为我饯行，那一天又是风又是雨。我到了上海之后，住在旅馆里，创造社的几位朋友天天来访，逼我给《创造周报》写点东西，辞不获命，写了一篇《凄风苦雨》，完全是季淑为我饯行时的忠实记录，文中的陈淑即是程季淑（全文附载《秋室杂忆》），其中有这样的一段：

　　雨住了。园里的景象异常清新，玫瑁的树枝缀着翡翠的树叶，荷池的水像油似的静止，雪氅黄喙的鸭子成群地叫。我们缓步走出水榭，一阵土湿的香气扑鼻；沿着池边小径走上两旁的甬道。园里还是冷清清的，天上的乌云还在互相追逐着。

　　"我们到影戏院去吧，天雨人稀，必定还有趣……"她这样地提议。我们便走进影戏院。里面观众果似晨星般稀少，我们便在僻处紧靠着坐下。铃声一响，屋里昏黑起来，影片像逸马一般在我眼前飞游过去，我的情思也跟着相机轮旋转起来。我们紧紧地握着手，没有一句话说。影片忽地一卷演讫，屋里光线放亮了一些，我看见她的乌黑眼珠正在不瞬地注视着我。

"你看影戏了没有？"

她摇摇头说："我一点也没有看进去，不知是些什么东西在我眼前飞过……你呢？"

我笑着说："和你一样。"

我们便这样地在黑暗的影戏院里度过两个小时。

我们从影戏院出来的时候，蒙蒙细雨又在落着，园里的电灯全亮起来了，照得雨湿的地上闪闪发光。远远地听到钟楼的当当的声音，似断似续地播送过来，只觉得凄凉黯淡……我扶着她缓缓地步入餐馆。疏细的雨点——是天公的泪滴，洒在我们身上。

她平时是不饮酒的，这天晚上却斟满一盏红葡萄酒，举起杯来低声地说：

"祝你一帆风顺，请尽这一杯！"

我已经泪珠盈睫了，无言地举起我的一杯，相对一饮而尽。餐馆的侍者捧着盘子在旁边诧异地望着我们。

我们就是这样地开始了我们的三年别离。

五

一九二三年九月一日我到达美国，随即前往科罗拉多泉去上学。那是一个山明水秀的风景地，也有得是恻兮憭兮的人物，但是我心里想的是——

出其东门，有女如云。虽则如云，匪我思存。缟衣綦巾，聊
乐我员。

出其闉阇，有女如荼。虽则如荼，匪我思且。缟衣茹藘，聊
可与娱。

人心里的空间是有限的，一经塞满便再也不能填进别的东西。我不但游
乐无心，读书也很勉强。

季淑来信报告我她顺利入学的情形，选的是西洋画系，很久时间都是花
在素描上面。天天面对着石膏像，左一张右一张地炭画。后来她积了一大卷
给我看，我觉得她画得相当好。她的线条相当有力，不像一般女子的纤弱。
一多告诉我，素描是绘画的基本功夫，他在芝加哥一年也完全是炭画素描。
季淑下半年来信说，她们已经开始画裸体模特儿了，男女老少的模特儿都
有，比石膏像有趣得多。我买了一批绘画用具寄给她。包括木炭、橡皮、水
彩、油料等。这木炭和橡皮，比国内的产品好，尤其是那海绵似的方块橡皮
松软合用。国内学生用面包代替橡皮，效果当然不好。季淑用我寄去的木炭
和橡皮，画得格外起劲，同学们艳羡不止，季淑便以多余的分赠给她的好友
们。油画，教师们不准她们尝试，水彩还可以勉强一试。季淑有了工具，如
何能不使用？偕了同学外出写生，大家用水彩，只有她有油料可用。她每次
画一张画，都写信详告，我每次接到信，都仔细看好几遍。我写信给她，寄
到美专，她特别关照过学校的号房工友，有信就存在那里，由她自己去取，
有一次工友特别热心，把我的信转寄到她家里去。信放在窗台上，幸而没有

一棵大树，
从土里挖出来，
移植到另外一个地方去，
都不容易活，何况人？

被叔父们撞见，否则拆开一看必定天翻地覆。

天翻地覆的事毕竟几乎发生。大约我出国两个月后，季淑来信，她的叔父们对她母亲说："大嫂，三姑娘也这么大了，老在外面东跑西跑也不像一回事，我们打算早一点给她完婚。××部里有一位科员，人很不错，年龄么……男人大个十岁八岁也没有关系。"这是通知的性质，不是商酌，更不是征求同意。这种情况早在我们料想之中，所以季淑按照我们预定计划应付，第一步是把情况告知黄淑贞，第二步是请黄家出面通知我的父母，由我父母央人出面正式做媒，同时由我做书禀告父母请求做主，第三步是由季淑自己出面去恳求比较温和开通的八叔（缵丞先生）惠予谅解。关键在第三步。她不能透露我们已有三年的交往，更不能说已有成言，只能扯谎，说只和我见过一面，但已心许。八叔听了觉得好生奇怪，此人既已去美，三年后才能回来，现在订婚何为？假使三年之后有变化呢？最后他明白了，他说："你既已心许，我们也不为难你，现在一切作为罢论，三年以后再说。"这是最理想的结果，由于季淑的善于言辞，我们原来还准备了第四步，但是不需要了。可是此一波折，使我心情久久不能平复。

北京国立八校的教职员因政府欠薪而闹风潮，美专奉令停办。季淑才学了一年素描即告失学。一九二四年夏，我告别了风景优美的科罗拉多泉而进入哈佛研究院，季淑离开了北京而就教职于香山慈幼院。一九一七年熊希龄凭其政治地位领有香山全境，以风景最佳之"双清"为其别墅，以放领土地之收入举办慈幼院，由其夫人主持之。因经费宽裕校址优美，慈幼院在北京颇有小名。季淑受聘是因为她爱那个地方。凡是名山胜水，她无不喜爱，这是她毕生的嗜好。在香山两年她享尽了清福，虽然那里的人事复杂，一群蝇营狗苟的势利之辈环拱着炙手可热的权贵人家。季淑除了教书之外一切不闻不问。她的宿舍离教室很远，要爬山坡，并且有数百级石阶，上下午各走一趟，但不以为苦。周末常约友好骑驴，游踪遍及八大处。西山一带的风景，她比我熟，因为她在香山有两年的逗留。

季淑的宿舍在山坡下，她的一间是在一排平房的中间，好像是第三个门。门前有一条廊檐。有一天阴霾四合，山雨欲来，一霎间乌云下坠，雨骤风狂。在山地旷野看雨，是有趣的事。季淑独在檐下站着，默默地出神，突然一声霹雳，一震之威几乎使她仆地，只见熊熊一团巨火打在离她身边不及十余尺的石桌石凳之上，白石尽变成黑色，硫黄的臭味历久不散。她说给我听，犹有余悸。

我们通信全靠船运，需十余日方能到达，但不必嫌慢，因为如果每天写信隔数日付邮，差不多每隔三两天都可以收到信。我们是每天写一点，积一星期可得三数页，一张信笺两面写，用蝇头细楷写，这样的信收到一封可以看老大半天。三年来我们各积得一大包。信的内容有记事，有抒情，有议论，无体不备。季淑把我的信收藏在一个黑漆的首饰匣里，有一天忘了锁，钥匙留插在锁孔里，大家唤作小方的一位同事大概平素早就留心，难逢的机会焉肯放过，打开匣子开始阅览起来，临走还带了几封去。小方笑呵呵地把信里的内容背诵几段，季淑才发现失窃。在几经勒索要挟之下才把失物赎回。我曾选读"伯朗宁与丁尼生"一门功课，对伯朗宁的一首诗*One Word More*颇为欣赏，我便摘了下列三行诗给季淑看：

God be than ked, the meanest of his creatures,

Boasts two soul-sides, one to face the world with,

One to show a woman when he loves her.

感谢上帝，他的最卑微的生人

也有两面的灵魂，一面对着世人，

一面给他所爱的女人看。

不过伯朗宁还是把他的情诗公之于世了。我的书信不是预备公开的，于一九四八年冬离家时付之一炬。小方看过其中的几封信，不知道她看的时候心中有何感受。

六

三年的工夫过去了。一九二六年七月间麦金莱总统号在黎明时抵达吴淞口外抛锚候潮，我听到青蛙鼓噪，我看到滚滚浊流，我回到了故国。我拿着梅光迪先生的介绍信到南京去见胡先辅先生，取得国立东南大学的聘书，就立刻北上天津。我从上海致快函给季淑，约她在天津会晤，盘桓数日，然后一同返京，她不果来，事后她向我解释："名分未定，行为不可不检。"我觉得她的想法对，不能不肃然起敬。邓约翰（John Donne）有一首诗《出神》（*The Extasie*），其中有两节描写一对情侣的关系真是恰如其分：

Our hands were firmly cimented

With a fast balme, which thence did spring,

Our eye-beames fwisted and did thred

Our eyes, upon one double string;

SO to'entergraft our hands, as yet

Was all the meanes to make us one,

And pictures in our eyes to get

Was all our propagation.

我们的手牢牢地握着，

手心里冒出黏黏的汗，

我们的视线交缠，

拧成双股线穿入我们的眼；

两手交接是我们当时

唯一途径使我们融为一体，

眼中倩影是我们

所有的产生出来的成绩。

　　久别重逢，相见转觉不能交一语。季淑说："华，你好像瘦了一些。"
当然，怎能不瘦？她也显得憔悴。我们所谈的第一桩事是商定婚期，暑假内
是不可能，因为在八月底我要回到南京去授课，遂决定在寒假里结婚。这时
候有人向香山慈幼院的院长打小报告："程季淑不久要结婚了，下半年的聘
书最好不要发给她。"季淑不欲在家里等候半年，需要一个落脚处。她的一
位朋友孙亦云女士任公立第三十六小学校长，学校在北新桥附近府学胡同，
承她同情，约请季淑去做半年的教师。

　　我到香山去接季淑搬运行李进城是一件难忘的事。一清早我雇了一辆汽
车，车身高高的，用曲铁棍摇半天才能发动引擎的那样的汽车，出城直奔西
山，一路上汽车喇叭呜呜叫，到达之后她的行李早已预备好，一只箱子放进
车内，一个相当庞大的铺盖卷只好用绳子系在车后。我们要利用这机会游览
香山。季淑引路，她非常矫健，身轻似燕，我跟在后面十分吃力，过了双清

我们已经偕老，没有遗憾，
但愿有一天我们能够口里喊
着"一、二、三"，然后一
起同时死去。

别墅已经气喘如牛，到了半山亭便汗流浃背了。季淑把她撑着的一把玫瑰紫色的洋伞让给我，也无济于事。后来找到一处阴凉的石头，我们坐了下来。正喘息间，一个卖烂酸梨的乡下人担着挑子走了过来，里面还剩有七八只梨，我们便买了来吃。在口燥舌干的时候，烂酸梨有如甘露。抬头看，有小径盘旋通往山巅，据说有十八盘，山巅传说是清高宗重阳登高的所在，旧名为重阳亭，实际上并没有亭子，如今俗名为"鬼见愁"。季淑问我有无兴趣登高一望，我说鬼见犹愁，我们不去也罢。她是去过很多次的。

我们在西山饭店用膳之后，时间还多，索性尽一日之欢，顺道前往玉泉山。玉泉山是金、元、明、清历代帝王的行宫御苑，乾隆写过一篇《玉泉山记》，据说这里的水质优美饮之可以长寿，赐名为"天下第一泉"。如今宫殿多已倾圮，沦为废墟，唯因其已荒废，掩去了它的富丽堂皇的俗气，较颐和园要高雅得多。我们一进园门就被一群穷孩子包围，争着要做向导，其实我们不需向导，但是孩子们嚷嚷着说："你们要喝泉水，我有干净杯子；你们要登玉峰塔，我给你们领取钥匙……"无可奈何，拣了一个老实相的小孩子。他真亮出一只杯子，在那细石流沙绿藻紫荇历历可数的湖边喷泉处舀了一杯泉水，我们共饮一杯，十分清洌。随后我们就去登玉峰塔。塔在山顶，七层九丈九尺，盘旋拾级而上，嘱咐小孩在下面静候。我们到达顶层，就拂拂阶上的尘土，坐下乘凉，真是一个好去处。好像不大的工夫，那孩子通通通地蹭上来了，我问他为什么要上来，他说他等了好久好久不见人下来，所以上来看看。于是我们就逐级而下，我对季淑说："你不记得我们描过的红模子么？'王子去求仙，丹成上九天，洞中方七日，人世几千年。'塔上面和塔下面时间过得快慢原不相同。"相与大笑。回到城里，我送季淑到黄淑贞家把行李卸下我就走了，以后我们几次晤见是在三十六小学。

暑假很快地过去，我到南京去授课。在东南大学校门正对面有一条小巷，蓁巷，门牌四号是过探先教授新建的一栋平房，招租。一栋房分三个单位，各有四间。房子不肯分租，我便把整栋房子租了下来，一年为期。我自占中间一所，右边一所分给余上沅、陈衡粹夫妇，左边一所分给张景钺、崔芝兰夫妇，三家均摊房租，三家都是前后准备新婚。我搬进去的第一天，真是家徒四壁，上沅和我天天四处奔走购置家具等物。寝室墙刷粉红色，书房淡蓝色。有些东西还需要设计定制。足足忙了几个月，我写信给季淑："新房布置一切俱全，只欠新娘。"房子有一大缺点，寝室后边是一大片稻田，施肥的时候必须把窗紧闭。生怕这一点新娘子感到不满。

南京冬天也相当冷，屋里没有取暖的设备。季淑用蓝色毛绳线给我织了一条内裤，由邮寄来。一排四颗黑扣子，上面的图案是双喜字。我穿在身上说不出的温暖，一直穿了几十年，这半年季淑很忙，一面教书一面筹备妆奁，利用她六年来的积蓄置办了四大楠木箱的衣物，没有一个人帮她一把忙。

七

我们结婚的日子是一九二七年二月十一日，行礼的地点是北京南河沿欧美同学会。这是我们请出媒人正式往返商决的。婚前还要过礼，亦曰放定，言明一切从简，那两只大呆鹅也免了，甚至许多人所期望的干果饼饵之类也没有预备。只有一具玉如意，装在玻璃匣里，还有两匣首饰，由媒人送以女家。如意是代表什么，我不知道，有人说像灵芝，取其吉祥之意，有人则说得很难听。这具如意是我们的传家之宝，平常高高地放在上房条案上的中央，左金钟，右玉磬，永远没人碰的。有了喜庆大事，才拿出来使用，用毕送还原处。以我所知，在我这回订婚以后还没有使用过一次。新娘子服装照例由男家准备，我母亲早已胸有成算，不准我开口。母亲带着我大姐到瑞蚨祥选购两身衣料，一身上衣与裙是粉红色的缎子，行婚礼时穿，一身上衣是蓝缎，裙子是红缎，第二天回门穿。都是全身定制绣花。母亲说若是没有一条红裙子便不能成为一个新娘子。她又说冬天冷，上衣非皮毛不可，于是又选了两块小白狐。衣服的尺寸由女家开了送来，我母亲一看大惊："一定写错了，腰身这样小，怎穿得上！"托人再问，回话说没错，我心中暗暗好笑，我早知道没错。棉被由我大姐负责缝制，她选了两块被面，一床洋妃色，一床水绿色，最妙的是她在被的四角缝进了干枣、花生、桂圆、栗子四色干果，我在睡觉的时候硌了我的肩膀，季淑告诉我这是取吉利，"早生贵子"之意。季淑不知道我们备了枕头，她也预备了一对，枕套是白缎子的，自己绣了红玫瑰花在角上，鲜艳无比，我舍不得用，留到如今。她又制了一个金质的项链，坠着一个心形的小盒，刻着我们两个的名字。这时候我家住在大取灯胡同一号，新房设在上屋西套间，因为不久要到南京去，所以没有什么布置，只是换了新的窗幔，买了一张新式的大床。

结婚那天，晴而冷。证婚人由我父亲出面请了贺履之（良朴）先生担任，他是我父亲一个酒会的朋友，年高有德，而且是山水画家，当时一位名士。本来熊希龄先生奋勇愿为证婚，我们想想还是没有劳驾。张心一、张禹九两位同学是男傧相，季淑的美专同学孪生的冯棠、冯棣是女傧相。两位介绍人，只记得其一姓翁。主婚人是我父亲和季淑的四叔梓琴先生。

婚礼定在下午四时举行，客人差不多到齐了，新娘不见踪影。原来娶亲的马车到了女家，照例把红封从门缝塞进去之后，里面传话出来要递红帖：

"没有红帖怎行？我们知道你是谁？"事先我要求亲迎，未被接纳，实不知应备红帖。僵持了半天，随车的人员经我父亲电话中指示临时补办，到荣宝斋买了一份红帖请人代书，总算过了关。可是彩车到达欧美同学会的时候暮霭渐深。这是意外事，也是意中事。

我立在阶上看见季淑从二门口由两人扶着缓缓地沿着旁边的游廊走进礼堂，后面两个小女孩牵纱。张禹九用胳膊肘轻轻触我说："实秋，嘿嘿，娇小玲珑。"我觉得好像有人在我耳边吟唱着彭士（Robert Burns）的几行诗：

> She is a winsome wee thing,
> She is a handsome wee thing,
> She is a loe come wee thing,
> This sweet wee wife o'mine.
> 她是一个媚人的小东西，
> 她是一个漂亮的小东西，
> 她是一个可爱的小东西，
> 我这亲爱的小娇妻。

事实上凡是新娘没有不美的。萨克令（Sir John Suckling）的一首《婚礼曲》（*A Ballad upon a Wedding*）就有几节很好的描写：

> The maid-and thereby hangs a tale,
> For such a maid no Whitsun-ale,

Could ever yet produce;

No grape, that's kindly ripe, could be,

So round, so plump, so soft a she,

No rhalf so full of juice.

Her finger was so small the ring,

Would not stay on.which they did bring,

it was too wide a peck;

And to say truth (for out it must),

it looked like the great collar (just)

About our young colt's neck.

Her feet beneath her petticoat,

Like little mice stole in and out,

As if they feared the light;

But oh, she dances such a way,

No sun upon an Easter day

Is half so fine a sight!

Her cheeks so rare a white was on,

No daisy makes comparison;

(Who sees them is undone),

For streaks of red were mingled there,

Such as are on a Katherene pear,

(The side that's next the sun).

Her lips were red, and one was thin,

Compared to that was next her chin

（Some bee had stung it newly）;

But, Dick, her eyes so guard her face

I durst no more upon them gaze,

Than on the sun in July.

Her mouth so small, when she does speak,

Thou'dst swear her teeth her words did break,

That they might passage get;

But she so handled still the matter,

They came as good as ours, or better,

And are not spent a whit.

讲到新娘（说来话长），

像她那样的姑娘，

圣灵降临的庆祝会里尚未见过；

没有成熟的葡萄像她那样红润，

那样圆，那样丰满，那样细嫩，

汁浆有一半那样地多。

她的手指又细又小，

戒指戴上去就要溜掉，

因为太松了一点；

老实说（非说不可），

恰似小驹的颈上套着

一只大的项圈。

她裙下露出两只脚，

老鼠似的出出进进地跑，

像是怕外面的光亮；

但是她的舞步翩翩，

太阳在复活节的那一天

也没有那样美的景象！

她的两颊白得出奇，

没有雏菊能和她相比；

（令人一见魂儿飞上天了），

因为那白里还带着红色，

活像是枝头的小梨一个，

（朝着太阳的那一边）。

她的唇是红的；一片很薄，

挨近下巴的那片就厚得多

（必是才被蜜蜂蜇伤）；

但是，狄克，她的两眼保护着脸

我不敢多看一眼，

有如对着七月的太阳。

她的嘴好小，说起话来，

她的牙齿要把字儿咬碎，

以便从嘴里挤送出去；

但是她处理得很得法，

谈吐不比我们差，

而且一点也不吃力。

季淑那天头上戴着茉莉花冠。脚上穿的一双高跟鞋，为配合礼服，是粉红色缎子做的，上面缝了一圈的亮片，走起路来一闪一闪。因戒指太松而把戒指丢掉的不是她，是我，我不知在什么时候把戒指甩掉了，她安慰我说："没关系，我们不需要这个。"

证婚人说了些什么话，根本就没有听进去，现在一个字也不记得。我只记得赞礼的人喊了一声礼成，大家纷纷涌向东厢入席就餐。少不了有人向我们敬酒，我根本没有把那小小酒杯放在眼里。黄淑贞突然用饭碗斟满了酒，严肃地说："季淑，你以后若是还认我做朋友，请尽此碗。"季淑一声不响端起碗来汩汩地喝了下去，大家都吃一惊。

回到家中还要行家礼，这是预定的节目。好容易等到客人散尽，两把太师椅摆在堂屋正中，地上铺了红毡子，请父母就座，我和季淑双双跪下磕头，然后闹哄到午夜，父母发话："现在不早了，大家睡去吧。"

罗赛蒂（D. G. Rossetti）有一首诗《新婚之夜》（*The Nuptial Night*），他说他一觉醒来看见他的妻懒洋洋地酣睡在他身旁，他不能相信那是真的，他疑心是在做梦。梦也好，不是梦也好，天刚刚亮，季淑骨碌爬了起来，梳洗毕换上一身新装，蓝袄红裙，红缎绣花高跟鞋，在穿衣镜前面照了又照，侧面照，转身照。等父母起来她就送过去两盏新沏的盖碗茶。这是新媳妇伺候公婆的第一幕。早餐罢，全家人聚在上房，季淑启开她的箱子把礼物一包一包地取出来，按长幼顺序每人一包，这叫作开箱礼，又叫作见面礼，无非是一些帽鞋日用之物，但是季淑选购甚精，使得家人皆大欢喜。我袖手旁观，说道："哎呀！还缺一份！——我的呢？"惹得哄堂大笑。

次一节目是我陪季淑"回门"。进门第一桩事是拜祖先的牌位，一个楠木龛里供着一排排的程氏祖先之神位多到不可计数，可见绩溪程氏确是一大望族，我们纳头便拜，行最敬礼。好像旁边还有人念念有词，说到三姑娘三姑爷什么什么的，我当时感觉我很光荣地成了程家的女婿。拜完祖先之后便是拜见家中的长辈，季淑的继祖母尚在，其次便是我的岳母，叔父辈则有四叔、七叔（荫庭先生）、九叔（荫轩先生），八叔已去世。婶婶则四婶就有两位，然后六婶、七婶、八婶、九婶。我们依次叩首，我只觉得站起来跪下去忙了一大阵。平辈相见，相互鞠躬。随后便是盛筵款待，我很奇怪季淑不在席上，不知她躲在哪里，原来是筵席以男性为限。谈话间我才知道，已去世的六叔还曾留学俄国，编过一部《俄华字典》刊于哈尔滨。

第三天，季淑病倒，腹泻。我现在知道那是由于生活过度紧张，睡了两天她就好了。

过了十几天，时局起了变化，国民革命军北伐逐步迫近南京。母亲关心我们，要我们暂且观望不要急急南下。父亲更关心我们，把我叫到书房私下对我说："你现在已经结了婚，赶快带着季淑走，机会放过，以后再想离开这个家庭就不容易了，不要糊涂，别误解我的意思。立刻动身，不可迟疑。如果遭遇困难，随时可以回来。我观察这几天，季淑很贤惠而能干。她必定会成为你的贤内助，你运气好，能娶到这样的一个女子。男儿志在四方，你去吧！"父亲说到这里，眼圈红了。

我商之于季淑，她遇大事永远有决断，立刻起程。父亲嘱咐，兵荒马乱的时候，季淑必须卸下她的鲜艳的服装，越朴素越好。她改着黑哔叽裙黑皮鞋，上身驼绒袄之外罩上一件粗布褂。我记得清清楚楚，布褂左下角有很大的一个缝在外面的衣袋，好别致。我们搭的是津浦路二等卧车（头等车被军阀们包用了），二等车男女分座，一个车厢里分上下铺，容四个人，季淑分得一个上铺。车行两天一夜，白天我们就在饭车上和过路的地方一起谈天，观看窗外的景致，入夜则分别就寝。

车上睡不稳，一停就醒，醒来我就过去看看她。她的下铺是一位中年妇女，事后知道她是中国银行司库吴某的太太，她第二天和季淑攀谈：

"你们是新结婚的吧？"

"是的，你怎么知道？"

"看你那位先生，一夜的工夫他跑过来看你有十多趟。"这位吴太太心肠好，我们渡江到下关，她知道我们没有人接，便自动表示她有马车送我们进城。我们搭了她的车直抵蓁巷。

这时候南京市面已经有些不稳，散兵游勇满街跑，遇到马车就征用。我们在蓁巷一共住了五天，躲在屋里，什么地方也没去。事实上我们也不想出去。渐渐地听到遥远的炮声。我的朋友李辉光、罗清生来，他们都是单身汉，劝我偕眷到上海暂避。罗清生和一家马车行的老板有旧，特意为我雇来马车，我们便邀同新婚的余上沅夫妇一同出走。可怜我煞费苦心经营的新居从此离去，当时天真的想法是政治不会过分影响到学校，不久还可以回来，所以行李等物就承洪范五先生的帮忙寄存在图书馆地下室。马车走了不远就有两名大兵持枪吓阻，要搭车到下关，他们不由分说跳上了车旁的踏脚板，一边一个像是我们的卫兵，一路无阻直达江滨。到上海的火车已断，我们搭上了太古的轮船，奇怪的是头等客房只有我们两对，优哉游哉倒真像是蜜月中的旅行。

八

我们在上海三年的生活是艰苦的，情形当然是相当狼狈。有人批评孔子为"累累若丧家之狗"，孔子欣然笑曰："形状，末也。而谓似丧家之狗，然哉！然哉！"

季淑的大姑住在上海（大姑父汪运斋先生），她的二女婿程培轩一家返徽省亲，空出的海防路住所借给我们暂住了半个月。这是我们婚后初次尝到安定畅快的生活。随后我们就租了爱文义路众福里的一栋房子，那是典型的上海式标准的一楼一底的房，比贫民窟要算是差胜一筹，因为有电灯自来水的设备而且门窗户壁俱全。关于这样的房子我写过一篇小文《住一楼一底房者的悲哀》，其中有这样几段：

> 一楼一底的房没有孤零零的一所蠹立着的，差不多都像鸽子窝似的一大排，一所一所的构造的式样大小，完全一律，就好像从一个模型里铸出来的一般。我顶佩服的就是当初打图样的土著工程师，真能相度地势，节工省料，譬如五分厚的一垛山墙就好两家合用。王公馆的右面一垛山墙，同时就是李公馆的左面的山墙，并且王公馆若是爱好美术，在右面山墙上钉一个铁钉子，挂一张美女月份牌，那么李公馆在挂月份牌的时候就不必再钉钉子，因为这边钉一个钉子，那边就自然而然地会钻出一个钉头儿。

> 房子虽然以一楼一底为限，而两扇大门却是方方正正的，冠冕堂皇，望上去总不像是我所能租赁得起的房子的大门。门上两

个铁环是少不得的，并且还是小不得的。……门环敲得啪啪响的时候，声浪在周围一二十丈以内的范围都可以很清晰播送得到。一家敲门，至少有三家应声"啥人？"至少有两家拔闩启锁，至少有五家人从楼窗中探出头来。

这一段话虽然不免揶揄，但是我们并无埋怨之意。我们虽然偁居穷巷，住在里面却是很幸福的。季淑和我同意，世界上没有一个地方比自己的家更舒适，无论那个家是多么简陋、多么寒碜。这个时候我在《时事新报》编一个副刊《青光》，这是由于张禹九的推荐临时的职业，每天夜晚上班发稿。事毕立刻回家，从后门进来匆匆登楼，季淑总是靠在床上看书等着我。

"你上楼的时候，是不是一步跨上两级楼梯？"她有一次问我。

"是的，你怎么知道？"

"我听着你的通通响的脚步声，我数着那响声的次数，和楼梯的级数不相符。"

我的确是恨不得一步就跨进我的房屋。我根本不想离开我的房屋。吾爱吾庐。

我们在爱文义路住定之后，暑期中，我的妹妹亚紫和她的好友龚业雅女士于女师大毕业后到上海来，就下榻于我们的寓处。下榻是夸张语，根本无榻可下，我便和季淑睡在床上，亚紫、业雅睡在床前地板上。四个年轻人无拘无束地狂欢了好多天，季淑曲尽主妇之道。由于业雅的堂兄业光的引介，我和亚紫、业雅都进了国立暨南大学服务。亚紫和业雅不久搬到学校的宿舍。随后我母亲返回杭州娘家去小住，路过上海也在我们寓所盘桓了几天。头一天季淑自己下厨房，她以前从没有过烹饪的经验，我有一点经验但亦不高明，我们两人商量着做弄出来四个菜，但是季淑煮米放多了水变成粥，急得哭了一场。母亲大笑说："喝粥也很好。"这一次失败给季淑的刺激很大。她说："这是我受窘的一次，毕生不能忘。"以后她对烹饪就很悉心研究。

怀孕期间各人的反应不同。季淑于婚后三四个月即开始感觉恶心呕吐，想吃酸东西，这样一直闹到分娩那一天才止。一九二七年十二月一日（阴历十一月初八）我们的大女儿文茜生。预先约好的产科张湘纹临时迟迟不来，只遣护士照料，以致未能善尽保护孕妇的责任，使得季淑产后将近三个月才完全复原。她本想能找得一份工作，但是孩子的来临粉碎了一切的计划，她热爱孩子，无法分身去谋职业，亦无法分神去寻娱乐。四年之间四次生产，她把全部时间与精力奉献给了孩子。

第二年我们迁居到赫德路安庆坊，是二楼二底房，宽绰了一倍，但是临街往来的电车之稀里哗啦叮叮当当从黎明开始一直到深夜。地都被震动，床也被震动。可是久之也习惯了。我的内弟道宽这一年去世，弟妇士馨也相继而殁，我和季淑商量把我的岳母接到上海来奉养。于是我们搭船回到北京回家小住，然后接了我的岳母南下。在这房子里季淑生下第二个女儿（三岁时夭折，瘗于青岛公墓）。季淑的身体本弱，据我的岳母告诉我，庚子之乱，她们一家逃避下乡，生活艰苦，季淑生于辛丑年二月，先天不足，所以自小羸弱。季淑连生两胎，体力消耗太大，对于孕妇保健的知识我们几等于零，所以她就吃亏太多，我事后悔恨无及。幸亏有她的母亲和她相伴，她在精神上得到平安，因为她不再挂念她的老母。我看见季淑心情宁静，我亦得到无上的安慰。

这一年我父亲游杭州，路过上海也来住了几天。季淑知道我父亲的日常生活的习惯和饮食的偏好，侍候唯恐不周。他洗脸要用大盆，直径要在二尺以上，季淑就真物色到那样大的洋瓷盆。他喝茶要用盖碗，水要滚，茶叶要好，泡的时间要不长不短，要守候着在正合宜的时候捧献上去，这一点季淑也做到了，我父亲说除了我的母亲之外只有季淑泡的茶可以喝。父亲喜欢冷饮，季淑自己制作各种各样的饮料，她认为酸梅汤只有北京信远斋的出品才够标准。早点巷口的生煎包子就可以了，她有时还要到五芳斋去买汤包。每餐菜肴，她尽其所能去调配，自更不在话下。亚紫、业雅也常在一起陪伴，是我们家里最热闹的一段时期。父亲临走，对季淑着实夸奖了一番，说她带着两个孩子操持家务确是不易。

　　第三年我们搬到爱多亚路一〇一四弄，是一栋三楼的房子，虽然也是弄堂房子，但有了阳台、壁炉、浴室、卫生设备等。一九三〇年四月十六日（阴历三月十八），在这里季淑生下第三胎，我们唯一的儿子文骐。照顾三个孩子，很不简单，单是孩子的服装就大费周章。季淑买了一架胜家缝纫机，自己做缝纫，连孩子的大衣也是自己做。她在百忙中没有忘记修饰她自己。她把头发剪了，不再有梳头的麻烦，额前留着刘海，所谓boyish bob是当时最流行的发式。旗袍短到膝盖，高领短袖。她自己的衣服也是大部分自己做，找裁缝匠反倒不如意。我喜欢看她剪裁，有时候比较质地好的材料铺在桌上，左量右量，画线再画线，拿着剪刀迟迟不敢下手，我就在一旁拍着巴掌唱起儿歌："功夫用得深，铁杵磨成针，功夫用得浅，薄布不能剪！"她把我推开："去你的！"然后她就咔嚓咔嚓地剪起来了，她很快地把衣服做好，穿起来给我看，要我批评，除了由衷的赞美之外还能说什么？

　　我在光华、中国公学两处兼课，真茹、徐家汇、吴淞是一个大三角，每天要坐电车、野鸡汽车、四等火车赶到三处地方，整天奔波，所以每天黎明即起，厨工马兴义给我预备极丰盛的一顿早点，季淑不放心，她起来监督，陪我坐着用点，要我吃得饱饱的，然后伴我走到巷口看我搭上电车才肯回去。这一年我母亲带着五弟到杭州去，路过上海在我们家住了些日子。

我们右邻是罗努生、张舜琴夫妇，左邻是一本地商人，再过去是我的妹妹亚紫和妹夫时昭涵，再过去是同学孟宪民一家，前弄有时昭静和夏彦儒夫妇，丁西林独居一栋。所以巷里熟人不少。努生一家最不安宁，夫妻勃谿，时常动武，午夜爆发，张舜琴屡次哭哭啼啼跑到我家诉苦，家务事外人无从置喙，结果是季淑送她回去，我们当时不懂，既成夫妻何以会反目，何以会争吵，何以会仳离。季淑常天真地问我："他们为什么要离婚？"

有一天中秋前后徐志摩匆匆地跑来，对我附耳说："胡大哥请吃花酒，要我邀你去捧捧场。你能不能去，先去和尊夫人商量一下，若不准你去就算了。"我问要不要去约努生，他说："我可不敢，河东狮子吼，要天翻地覆，惹不起。"我上楼去告诉季淑，她笑嘻嘻地一口答应："你去嘛，见识见识，喂，什么时候回来？""当然是吃完饭就回来。"胡先生平素应酬未能免俗，也偶尔叫条子侑酒，照例到了节期要去请一桌酒席。那位姑娘的名字是"抱月"，志摩说大概我们胡大哥喜欢那个月字是古月之月，否则想不出为什么相与了这位姑娘。我记得同席的还有唐腴庐和陆仲安，都是个中老手。入席之后照例每人要写条子召自己平素相好的姑娘来陪酒。我大窘，胡先生说："由主人代约一位吧。"约来了一位坐在我身后，什么模样，什么名字，一点也记不得了。饭后还有牌局，我就赶快告辞。季淑问我感想如何，我告诉她：买笑是痛苦的经验，因为侮辱女性，亦即是侮辱人性，亦即是侮辱自己。男女之事若没有真的情感在内，是丑恶的。这是我在上海三年唯一的一次经验，以后也没再有过。

九

　　由于杨金甫的邀请，我到青岛去教书。这是一九三〇年夏天的事。我们乘船直赴青岛，先去参观环境，闻一多偕行。我们下榻于中国旅行社，雇了两辆马车环游市内一周，对于青岛的印象非常良好，季淑尤其爱这地方的清洁与气候的适宜，与上海相比不啻霄壤。我们随即乘火车返回北平度过一个暑假；我的岳母回到程家。

　　在青岛鱼山路四号我们租到一栋房子，楼上四间楼下四间。这地点距离汇泉海滩很近，约十几分钟就可以走到。季淑兴致很高，她穿上了泳装，和我偕孩子下水。孩子用小铲在沙滩上掘沙土，她和我就躺在沙滩上晒太阳，玩到夕阳下山还舍不得回家。有时候我们坐车到栈桥，走上伸到海中的长长的栈道，到尽端的亭子里乘凉。海滨公园也是我们爱去的地方，因为可以在乱石的缝里寻到很多的小蟹和水母，同时这里还有一个水族馆。第一公园有老虎和其他的兽栏，到了春季樱花盛开可真是蔚为大观，季淑叹为奇景，一去辄流连不忍走。后来她说美国西雅图或华盛顿的樱花品种不同，虽然也颇可观，但究比青岛逊色。我有同感。

　　我为学校图书馆购书赴沪一行，顺便给季淑买了一件黑绒镶红边的背心，可以穿在旗袍外面，她很喜欢，尤其是因为可以和她的一双黑漆皮镶红边的高跟鞋相配合。季淑在这时候较前丰腴，容颜焕发，洋溢着母性的光辉。我的朋友们很少在青岛有眷属，杨金甫、赵太侔、黄任初等都有家室，但都不知住在什么地方。闻一多一度带家眷到青岛，随即送还家乡。金甫屡次善意劝我，不要永远守在家里，暑期不妨一个人到外面海阔天空地跑跑，换换空气。我没有接受他的好意。和谐的家室，空气不需要换。如果需要的话，整日价育儿持家的妻子比我更有需要。

父亲慕青岛名胜，来看我们住了十二天。我们天天出去游玩。有一天季淑到大雅沟的菜市买来一条长二尺以上的鲥鱼，父亲大为击赏。肥城桃、莱阳梨、烟台的葡萄与苹果，都可以说是天下第一，我们放量大嚼，而德人开的弗劳塞饭店的牛排与生啤酒尤为令人满意。张道藩从贵州带来的茅台酒，也成了我们孝敬父亲的无上佳品。有一晚父亲和我关起门来私谈，他把我们家的历史从我祖父起原原本本地讲述给我听，都是我从前没有听到过的，他说："有些事不足为外人道，不必对任何人提起，但不妨告诉季淑知道。"最后他提出两点叮嘱，他说他垂垂老矣，迫切期望我们能有机会在北平做事，大家住在一起，再就是关于他将来的身后之事。我当天夜晚把这些话告诉了季淑，她说："父亲开口要我们回去，我们还能有什么话说。"

第二年，我们搬到鱼山路七号居住。是新造的楼房，四上四下，还有地下室，前院亦尚宽敞。房东王德溥先生，本地人，具有山东特有的忠厚朴实的性格，房东房客之间相处甚得。我们要求他在院里栽几棵树，他唯唯否否，没想到第二天他就率领着他的儿子押送两大车的树秧来了。六棵樱花，四棵苹果，两棵西府海棠，把小院种得满满的。树秧很大，第二年即开始着花，樱花都是双瓣的，满院子的蜜蜂嗡嗡声。苹果第二年也结实不少，可惜等不到成熟就被邻居的恶童偷尽。西府海棠是季淑特别欣赏的，胭脂色的花苞，粉红的花瓣，衬上翠绿的嫩叶，真是娇艳欲滴。

我们住定之后就设法接我的岳母来住，结果由季淑的一位表弟刘春霖护送到青岛。这样我们才安心。季淑身体素弱，第四度怀孕使她狼狈不堪，于一九三三年二月二十五日（阴历二月二日）生文蔷，由她的女高师同学王绪贞接生，得到特别小心照护，我们终身感激她。分娩之后不久，四个孩子同

记问之学不足以为人师,
需要有启发别人的力量才
不愧为人师。

时感染猩红热，第二女不幸夭折。做母亲的尤为伤心。入葬的那一天，她尚不能出门，于冰霰霏霏之中，我看着把一具小棺埋在第一公墓。

青岛四年之中我们的家庭是很快乐的。我的莎士比亚翻译在这时候开始，若不是季淑的决断与支持，我是不敢轻易接受这一份工作的。她怕我过劳，一年只许我译两本，我们的如意算盘是一年两本，二十年即可完成，事实上用了我三十多年的工夫！我除了译莎氏之外，还抽空译了《织工马南传》《西塞罗文录》，并且主编天津《益世报》的一个文艺周刊。季淑主持家务，辛苦而愉快，从来没有过一句怨言。我们的家座上客常满，常来的客如傅肖鸿、赵少侯、唐郁南都常在我们家便饭，学生们常来的有丁金相、张淑齐、蔡文显、韩朋等。张罗茶饭招待客人都是季淑的事。我从北平定制了一个烤肉的铁炙子，在青岛恐怕是独一的设备，在山坡上拾捡松枝松塔，冬日烤肉待客皆大欢喜。我的母亲带着四弟治明也来过一次，治明特别欣赏季淑烹制的红烧牛尾。后来他生了一场匍行疹，病中得到季淑的悉心调护，痊愈始去。

胡适之先生早就有意约我到北京大学去教书，几经磋商，遂于一九三四年七月结束了我们的四年青岛之旅。临去时房屋租约未满，尚有三个月的期限，季淑认为应该如约照付这三个月的租金，房东王先生坚不肯收，争执甚久，我在旁呵呵大笑："此君子国也！"房东拗不过去，勉强收下，买了一份重礼亲到车站送行。季淑在离去之前，把房屋打扫整洁一尘不染，这以后成了我们的惯例，无论走到哪里，临去必定大事扫除。

十

我们决定回北平，父母亲很欢喜，开始准备迁居，由大取灯胡同一号迁到内务部街二十号。内务部街的房子本是我们的老家，我就是生在那个老家的西厢房，原是祖父留下的一所房子，在我十五岁的时候才从那里迁到大取灯胡同一号的新房。老家出租多年，现在收回自用。这所老房子比较大，约有房四十间，旧式的上支下摘，还有砖炕，院落较多，宜于大家庭居住。父母兴奋得不得了，把旧房整缮一新，把外院和西院划给我，并添造一间浴室。我母亲是年六十，她说："好了，现在我把家事交给季淑，我可以清闲几年了。"事实上我们还是无法使母亲完全不操心。

回到北平先在大取灯胡同落脚，然后开始迁居。"破家值万贯"，而且我们家的传统是"室无弃物"，所以百八十年下来的这一个家是无数破烂东西的总汇，搬动一下要兴师动众，要雇用大车小车以及北平所特有的"窝脖儿"的，陆陆续续地搬了一个星期才大体就绪，指挥奔走的重任落在季淑的身上，她真是黎明即起，整天前庭后院地奔走，她的眼窝下面不时地挂着大颗的汗珠，我就掏出手绢给她揩揩。

垂花门外有一棵梨树，是房客栽的，多年生长已经扑到房檐上面，把整个院子遮盖了一半，结实累累，蔚为壮观。不知道母亲听了什么人饶舌，说梨与离同音，不祥，于是下令砍伐。季淑不敢抗，眼睁睁地看着工人把树砍倒，心中为之不怿者累日。后来我劝她在原处改植别的不犯忌讳的花木，亦可略补遗憾。她立即到隆福寺街花厂选购了四棵西府海棠，因为她在青岛就有此偏爱。这四株娇艳的花木果然如所预期很快地长大成形，翌年即繁花如簇，如火如荼，春光满院，生机盎然。同时她又买了四棵紫丁香，种在西院我的书房与卧室之间，紫丁香长得更猛，一两年间妨碍人行，非修剪不可，丁香开时香气四溢，招引蜂蝶终日攘攘不休。前院檐下原有两畦芍药奄奄一息，季淑为之翻土施肥，冬日覆以积雪，来春新芽茁发。我的书房檐下多阴，她种了一池玉簪，抽蕊无数。

我们一家三代，大小十几口，再加上男女佣工六七人，是相当大的一个家庭。晨昏定省是不可少的礼节。每天早晨听到里院有了响动，我便拉着文蔷到里院去，到上房和东厢房分别向父母问安。文蔷是我们最小的孩子，不拉着她便根本迈不过垂花门的一尺高的门槛。文茜、文骐都跟在我的身后。文蔷还另有任务，每天把报纸送给她的祖父，祖父接过报纸总是喊她两声："小肥猪！小肥猪！"因为她小时候很胖。季淑每天早晨要负责沏盖碗茶，其间的难处是把握住时间，太早太晚都不成。每天晚上季淑还要伺候父亲一顿消夜，有时候要拖到很晚，我便躺在床上看书等她。每日两餐是大家共用的，虽有厨工专理其事，调配设计仍需季淑负责，亦大费周章。家庭琐事永远没完没结，所谓家庭生活是永无休止的修缮补葺。缝缝连连的事，会使用缝纫机的人就责无旁贷。对外的采办或交涉，当然也是能者多劳。最难堪的是于辛劳之余还不能全免于怨怼，有一回已经日上三竿，季淑督促工人捡煤球，扰及贪睡者的清眠，招致很大的不快。有人愤愤难平，季淑反倒夷然处之，她爱说的一句话是："唐张公艺九世同居，得力于百忍，我们只有三世，何事不可忍？"

家事全由季淑处理，上下翕然，我遂安心做我的工作，教书之余就是翻译写稿。我在西院南房，每到午后四时，季淑必定给我送茶一盏，我有时停下笔来拉她小坐，她总是把我推开，说："别闹，别闹，喝完茶赶快继续工作。"然后她就抽身跑了。我隔着窗子看她的背影。我的翻译工作进行顺

利，晚上她常问我这一天写了多少字，我若是告诉她写了三千多字，她就一声不响地翘起她的大拇指。我译的稿子她不要看，但是她愿意知道我译的是些什么东西。所以莎士比亚的几部名剧里的故事，她都相当熟悉。有几部莎士比亚的电影片上演，我很希望她陪我去看，但是她分不开身，她总是遗憾地教我独自去看。

季淑有一个见解，她以为要小孩子走上喜爱读书的路，最好是尽早给孩子每人置备一个书桌。所以孩子开始认字，就给他设备一份桌椅。木器店里没有给小孩用的书桌，除非定制，她就买普通尺寸的成品，每人一份，放在寝室里挤得满满的。这一项开支绝不可省。她告诉孩子哪一个抽屉放书哪一

个抽屉放纸笔。有了适当的环境之后，不久孩子养成了习惯，而且到了念书的时候自然地各就各位。孩子们由小学至大学，从来没有任何挫折，主要的是小时候养成良好习惯。季淑做了好几年的小学教师，她的教学经验在家里发生宏大的影响。可见小学教师应是最可敬的职业之一。

我们的男孩子仅有一个，季淑嫌单薄一些，最好有两男两女，一九三五年冬，她怀有五个月的孕，一日扭身开灯，受伤流产。送往妇婴医院，她为节省住进二等病房，夜间失血过多，而护士置若罔闻，我晨间赶去探视，已奄奄一息，医生开始惊慌，急救输血，改进头等病房并请特别护士。白天由我的岳母照料，夜晚由我陪伴，按照医院规定男客是不准在病房夜晚逗留的。一个星期之后才脱险。临去时那一些不负责任的护士还奚落她说："我们没有见过像你这样的娇太太！"从此我们就实行生育节制。

我对政治并无野心，但是对于国事不能不问。所以我办了一个周刊，以鼓吹爱国提倡民主为原则，朋友们如谢冰心、李长之等都常写稿给我，周作人也写过稿子。因此我对于各方面的人物常有广泛的接触。季淑看见来访的客人鱼龙混杂就为我担心。她偶尔隔着窗子窥探出入的来客，事后问我："那个獐头鼠目的是谁？那个垂首蛇行的又是谁？他们找你做什么？"这使我提高了警觉。果然，就有某些方面的人来做说客，"愿以若干金为先生寿"，人们有一种错觉，以为凡属舆论，都是一些待价而沽的东西。我当即予以拒绝，季淑知道此事之后完全支持我的决定，她说："我愿省吃俭用和你过一生宁静的日子，我不羡慕那些有办法的人之昂首上骧。"我隐隐然看到她的祖父之高风亮节在她身上再度发扬。

日寇侵略日益加紧，一九三七年六月二十三日蒋介石与汪兆铭联名召开庐山会议，我应邀参加，事实上没有什么商议，只是宣告国家的政策。我没有等会议结束即兼程北返，七月七日卢沟桥事变爆发，二十八日北平陷落。我和季淑商议，时势如此，决定我先只身逃离北平。我当即写下遗嘱。戎火连天，割离父母妻子远走高飞，前途渺渺，后顾茫茫。这时候我联想到"出家"真非易事，确是将相所不能为。然而我毕竟这样做了。等到天津火车一通，我立即登上第一班车，短短一段路由清早走暮夜才到达天津。临别时季淑没有一点儿女态，她很勇敢地送我到家门口，互道珍重，相对黯然。"与子之别，思心徘徊！"

十一

和我约好在车上相见的是叶公超，相约不交一语。后来发现在车上的学界朋友有十余人之多，抵津后都住进了法租界帝国饭店。我旋即搬到罗努生、王右家的寓中，日夜收听广播的战事消息，我们利用大头针制作许多面红白小旗，墙上悬大地图，红旗代表我军，白旗代表敌军，逐日移动地插在图上。看看红旗有退无进，相与扼腕。《益世报》的经理生宝堂先生在赴意租界途中被敌兵捕去枪杀，我们知道天津不可再留，我与努生遂相偕乘船到青岛，经济南转赴南京。在济南车站遇到数以千计由烟台徒步而来的年轻学生，我的学生丁金相在车站迎晤她的逃亡朋友，无意中在三等车厢里遇见我，相见大惊，她问我："老师到哪里去？"

"到南京去。"

"去做什么？"

"赴国难，投效政府，能做什么就做什么。"

"师母呢？"

"我顾不得她，留在北平家里。"

她跑出站买了一瓶白兰地、一罐饼干送给我，汽笛一声，挥手而别，我们都滴下了泪。

南京在敌机空袭之下，人心浮动。我和努生都有报国有心投效无门之感。我奔跑了一天，结果是教育部发给我二百元生活费和岳阳丸头等船票一张，要我立即前往长沙候命。我没有选择，便和努生匆匆分手，登上了我们扣捕的日本商船岳阳丸。叶公超、杨金甫、俞珊、张彭春都在船上相遇。伤兵难民挤得船上甲板水泄不通，我的精神陷入极度苦痛。到长沙后我和公超

住在青年会，后移入韭菜园的一栋房子，是樊逵羽先生租下的北大办事处。我们三个人是北平的大学教授南下的第一批。随后张子缨也赶来。长沙勾留了近月，无事可做，心情苦闷，大家集议醵资推我北上接取数家的眷属。我衔着使命，间道抵达青岛，搭顺天轮赴津，不幸到烟台时船上发现霍乱，船泊大沽口外，日军不许进口，每日检疫一次，海上拘禁二十余日，食少衣单，狼狈不堪。登岸后投宿皇宫饭店，立即通电话给季淑，翌日她携带一包袱冬衣到津与我相会。乱离重逢，相拥而泣。翌日季淑返回北平。因樊逵羽先生正在赶来天津，我遂在津又有数日勾留。后我返平省亲，在平滞留三数月，欲举家南下，而情况不许，尤其是我的岳母年事已高不堪跋涉。季淑与其老母相依为命，不可能弃置不顾，侍养之日诚恐不久，而我们夫妻好合则来日方长，于是我们决定仍是由我只身返后方。会徐州陷落，敌伪强迫悬旗

志贺，我忍无可忍，遂即日动身。适国民参政会成立，我膺选为参政员，乃专程赴香港转去汉口，从此进入四川，与季淑长期别离六年之久。

在这六年之中，我因颠沛流离贫病交加，季淑在家侍奉公婆老母，养育孩提，主持家事，其艰苦之状乃更有甚于我者。自我离家，大姐、二姐相继去世，二姐遇人不淑身染肺癌，乏人照料，季淑尽力相助，弥留之际仅有季淑与二姐之幼女在身边陪伴。我们的三个孩子在同仁医院播种牛痘，不幸疫苗不合规格，注射后引起天花，势甚严重，几濒于殆，尤其是文茜面部结痂作痒，季淑为防其抓破成麻，握着她的双手数夜未眠，由是体力耗损，渐感不支。维时敌伪物资渐缺，粮食供应困难，白米白面成为珍品，居恒以糠麸花生皮屑羼入杂粮混合而成之物充饥，美其名曰文化面。儿辈赢瘦，呼母索食。季淑无以为应，肝肠为之寸断。她自己刻苦，但常给孩子鸡蛋佐餐，孩子久而厌之。有时蒸制丝糕（即小米粉略加白面白糖蒸成之糕饼）作为充饥之物，亦难得引起大家的食欲。此际季淑年在四十以上，可能是由于忧郁，更年期提早到来，百病丛生，以至于精神崩溃。不同情的人在一旁讪笑："我看她没有病，是爱花钱买药吃。""我看她也没有病，我看见她每饭照吃。""我看她也没有病，丝糕一吃就是两大块。"她不顾一切，乞灵于协和医院，医嘱住院，于是在院静养两星期，病势略转，此后风湿关节炎时发时愈，足不良行。孩子们长大，进入中学，学业不成问题，均尚自知奋勉不落人后，但是交友万一不慎后果堪虞，季淑为了此事最为烦忧。抗战期间前方后方邮递无阻，我们的书信往来不断，只是互报平安，季淑在家种种苦难并不透露多少，大部分都是日后讲给我听。

我的岳母虽然年迈，健康大致尚佳。她曾表示愿意看看自己的寿材，所以我在离平之前和季淑到了桅厂订购了上好的木材一副，她自己也看了满意。一九四三年春偶然不适，好像有所预感，坚持回到程家休憩，不数日即突然病革，季淑带着孩子前去探视，知将不起，尚殷殷以我为念。她最喜爱文蔷，临终时呼至榻前，执其手而告之："文蔷，你乖乖的，听你妈妈的话。"言讫，溘然而逝。所有丧葬之事均由季淑力疾主持。她有信给我详述经过，哀毁逾恒，其中有一句话是"华，我现在已成为无母之人矣……"，季淑孝顺她的母亲不是普通的孝顺，她是真实地做到了"菽水承欢"。

季淑没有和我一起到后方去，主要的是为了母亲。如今母亲既已见背，我们没有理由维持两地相思的局面。我们十年来的一点积蓄除了投资损失之外陆续贴补家用，六年来亦已告罄，所以我就写信要她准备来川。她唯一的顾虑是她的风湿病，不知两腿是否禁得起长途跋涉。说也奇怪，她心情一且开朗，脚步突然转健，若有神助。由北平起旱到四川不是一件容易事。季淑有一位堂弟道良，前两年经由叔辈决定过继给我的岳母做继子，他们的想法是：季淑究竟是一个女儿，嫁出的女儿泼出的水，不能成为嗣祧。道良为人极好，事季淑如胞姐，他自告奋勇，送她一半行程。一九四四年夏，季淑带着三个孩子十一件行李，病病歪歪的，由道良搀扶着，从北平乘车南下。由徐州转陇海路到商丘，由商丘起旱到亳州，这是前后方交界之处，道良送她到此为止，以后的漫漫长途就靠她自己独闯了。所幸她的腿疾日有进步，到这时候已可勉强行走无须扶持。从亳州到漯河，由漯河到叶县，这一段的交通工具只能利用人力推车，北方话称之为"小车子"，车仅一轮，由车夫一人双手把持，肩上横披一带系于车把之上，轮的两边则一边坐人，一边放行李，车夫一面前进一面摆动其躯体以维持均衡。土路崎岖，坑洼不平，轮轴吱吱作响，不但进展迟缓，且随时有翻倒之虞。车夫一面挥汗一面高唱俚歌，什么"常山赵子龙，燕人张翼德""有山就有水，有水就有鱼……"，一路上前呼后应，在黄土飞扬之中打滚。到站打尖，日暮投宿。季淑就这样地带着三个孩子十一件行李一天又一天地在永无止境的土路上缓缓前进。怕的是青纱帐起，呼吁无门，但邀天之幸一路安宁，终于到达叶县。对于劳苦诚实的车夫们，季淑衷心感激，乃厚酬之。

由叶县到洛阳有公路可循，可以搭乘公共汽车，汽车是使用柴油的，走起来突突冒烟，随时随地抛锚。乘客拥挤抢座，幸赖有些流亡学生见义勇为，帮助季淑及二女争取座位，文骐不在妇孺之列只能爬上车顶在行李堆中觅一席地。季淑怕他滚落，苦苦哀求其他车顶上的同伴赐以援手，幸而一路无事。黄土平原久旱无雨，汽车过处黄尘蔽天。到站休息时人人毛发尽黄，纷纷索水洗面。季淑在道旁小店就食，点菠菜猪肝一盘，孩子大悦，她不忍

下筷唯食余沥而已。同行的流亡学生有贫苦以至枵腹者，季淑解囊相助，事实她自己的盘川也所余无几了。

季淑一行到洛阳后稍事休息，搭上火车，精神为之一振，虽是没有窗户的铁闷车，然亦稳速畅快。唯夜间闯过潼关时熄灯急驶，犹不免遭受敌军炮轰，幸而无恙，饱受虚惊。到达西安，在菊花园口厚德福饭庄饱餐一顿并略得接济，然后搭车赴宝鸡，这是陇海路最后一站。从此便又改乘公共汽车，开始长征入川。汽车随走随停，至剑阁附近而严重抛锚，等待运送零件方能就地修复，季淑托便车带信给我，我乃奔走公路局权要之门请求救济，我生平不欲求人，至是不能不向人低首！在此期间，季淑等人食宿均成问题，赖有同行难友代为远道觅食，夜晚即露宿道旁。一夕，睡眠中忽闻哞声走于身畔，隐约见一庞形巨物，季淑大惊而呼，群起视察，原来是一只水牛。越数日汽车修复，开始蠕动，终于缓缓地爬到了青木关，再换车而抵达北碚，与我相会。

六年暌别，相见之下惊喜不可名状。长途跋涉之后，季淑稍现清癯。然而我们究竟团圆了。"今夕何夕，见此粲者！"凭了这六年的苦难，我们得到了一个结论：在丧乱之时，如果情况许可，夫妻儿女要守在一起，千万不可分离。我们受了千辛万苦，不愿别人再尝这个苦果。日后遇有机会我们常以此义劝告我们的朋友。

我在四川一直支领参政会一份公费，虽然在国立编译馆全天工作，并不受薪。人笑我迂，我行我素。现在五口之家，子女就学，即感拮据。季淑征尘甫卸，为补充家用，接受社会部北碚儿童福利实验区之聘，任该区福利所干事。区主任为章柳泉先生。季淑的职务是办理消费合作社的事务。和她最契的同事是童启华女士（朱锦江夫人），据季淑告诉我，童先生平素不议人短长，不播弄是非，而且公私分明，一丝不苟，掌管公物储藏，虽一纸一笔之微，核发之际亦必详究用途不稍浮滥，时常开罪于人。季淑说像这样奉公守法的人是极少见的，季淑和她交谊最洽，可惜胜利后即失去联络，但季淑时常想念到她。

第二年，即一九四五年，季淑转入迁来北碚的国立戏剧专科学校为教具组服装管理员，校长为余上沅。上沅夫妇是我们的熟人，但季淑并不因人事关系而懈怠其职务，她准时上班下班，忠于其职守。她给全校师生留下了良好的印象。

季淑于生活艰难之中在四川苦度了两年。事实上在抗战期间无论是在陷区或后方，没有人不受到折磨的。只有少数有办法的人能够浑水摸鱼。我有一位同学，历据要津，宦囊甚富，战时寓居香港，曾扬言于众："你们在后方受难，何苦来哉？一旦胜利来临，奉命接收失土坐享其成的是我们，不是你们。"我们听了不寒而栗。这位先生于日军攻占香港时遇害，但是后来接收大员"五子登科"的怪剧确是上演了。

一九四五年八月十日季淑晚间下班时带回了一张报纸的号外：

嘉陵江日报　号外

日本接受无条件投降

旧金山八月十日广播　日本政府本日四时接受四国公告无条

件投降　其唯一要求是保留天皇　今日吾人已获胜利已获和平

我们听到了遥远的爆竹声，鼎沸的欢呼声。

还乡的交通工具不敷，自然应该让特权阶级豪门巨贾去优先使用，像我们所服务的闲散机构如国民参政会国立编译馆之类当然应该听候分配。等候了一年光景，一九四六年秋国民参政会通知有专轮直驶南京，我们这才怀着一种复杂的心情告别四川鼓轮而下。我说心情复杂，因为抗战结束可以了却八年流亡之苦，可以回乡省视年老的爹娘，可以重新安心做自己的工作，但是家园已经破碎，待要从头整理，而国事蜩螗，不堪想象。

<h1 style="text-align:center">十二</h1>

我们在南京下榻于国立编译馆的一间办公室内，包饭搭伙，孩子们睡地板。也有人想留我在南京工作，我看气氛不对，和季淑商量还是以回到北平继续教书为宜，便借口离开南京遄赴上海搭飞机返平。阔别八年的我，在飞机上看到了颐和园的排云殿，心都要从口里跳出来。

回到家里看见我父母都瘦了很多，一阵心酸，泣不可抑。当时三弟、五弟都在家，大姐一家也住在东院，后来五妹和妹婿一家也来了，家里显得很热闹。我们看到垂花门前的野草高与人齐，季淑便令孩子们拔草，整理庭院焕然一新。我的父亲是年七十，步履维艰，每晨自己提篮外出买烧饼油条相当吃力，我便请准由我每日负责准备早餐。当我提了那只篮子去买烧饼的时候，肆人惊问我为何人，因为他们认识那个篮子。也许这两桩事我们做得不对，因为我们忘了《世说新语》赵母嫁女的故事："赵母嫁女，女临去，敕之曰：'慎勿为好！'女曰：'不为好，可为恶邪？'母曰：'好尚不可为，其况恶乎。'"我们率直而为之，不是有意为好。家里人口众多，遂四处分爨。

父亲关心我的工作，有一天拄着拐杖到我书室，问我翻译莎士比亚进展如何，这使我非常惭愧，因为抗战八年中我只译了一部。父亲说："无论如何，要译完它。"我就是为了他这一句话，下了决心必不负他的期望。想不到的是，于补祝他的七十整寿在承华园举行全家盛宴之后不久，有一晚我们已就寝，他突患冠状脉阻塞症，急救无效，竟于翌日晚间溘然长逝！我从四川归来，相聚才只一个月，即遭此大故！装殓时季淑出力最多，随后丧葬之事，她不作主张，只知尽力。

另一不幸事故，季淑的弟弟道良在东北军事倥偬之际受任辽宁大石桥车站站长，因坚守岗位不肯逃避以致殉职，遗下孤儿寡妇，惨绝人寰。灵柩运回北平，我陪季淑到东便门车站迎接，送往绩溪义园厝葬，我顺便向我的岳母的坟墓敬礼，凄怆之至。

这时候通货膨胀，生活困苦，我除在师大授课之外利用寒假远到沈阳去兼课；季淑善于理家，在短绌的情形之下仍能稍有盈余。她的理论是："储蓄之法不是在开销之外把余羡收存起来，而是预先扣除应储之数然后再做支出。"我们不时地到东单或东四的菜市，遇有鱼鲜辄购一尾，由季淑精心烹制献给母亲佐餐，因为这是我母亲喜食之物。我曾劝她买鱼两尾，一半自己享用，因为我知道她亦正有同嗜，而她坚持不可。她说："我们的享受，当俟来日。"她有一次在摊上看到煮熟的大块瘦肉，价格极廉，便买一小块携回，食之而甘，事后才知道那是驴肉或骡肉。我们日常用的水果是萝卜与柿子，孩子们时常望而生畏。

因苦中也要作乐。我们一家陪同赵清阁游景山，在亭子里闲坐啜茗，事后我写了一首五律送她。又有一次我们一家和孙小孟一家游颐和园，爬上众香国，几个大人都气力不济，孩子们争先恐后地跑上了排云殿，我笑谓季淑曰："你还有上鬼见愁的勇气没有？"又指着玉泉山上的玉峰塔说："你还记得那个地方么？"她笑而不答。风景依然，而心情不同了。到了冬天，孩子们去北海滑冰，我们便没有去观赏的兴致。想不到故都名胜，我们就这样地长久暌别，而季淑下世，重温旧梦亦永不可得！

十三

我于（一九四八年）十二月三十一日到香港，翌日元旦遄赴广州。在广州这半年，我们开始有身世飘零之感。平山堂是怎样的一个地方，我曾有一小文《平山堂记》纯是纪实。我们住在这里，季淑要上街买菜，室中升火，提水上楼，楼下洗浣，常常累得红头涨脸。我们在穷困中兴复不浅，曾到六榕寺去玩，对于苏东坡题壁，和六祖慧能的塑像印象甚深，但是那座花塔颜色俗丽而游人如织，则我们只好远远地避开。海角红楼也去饮茶过一次。住处实在没有设备，同人康清桂先生为我们定制了一张小木桌。一切简陋，而我们还请梅贻琦、陈雪屏先生来吃过一顿便饭，季淑以她的拿手馅饼飨客，时昭瀛送来一瓶白兰地，梅先生独饮半瓶而玉山颓矣。

广州中山大学外文系主任林文铮先生，好佛，他的单人宿舍是一间卧室一间佛堂，常于晚间做法会，室为之满。林先生和我一见如故，谓有夙缘，从此我得有机会观经看教，但是后来要为我"开顶"，则敬谢不敏。季淑也在此时开始对于佛教发生兴趣，她只求摄心，并不佞佛。林先生深于密宗，我贪禅悦，季淑则近净土。这时候法舫和尚在广州，有一天有朋友引他来看我，他是太虚的弟子，我游缙云山时他正是缙云寺的知客，曾有过一面之缘，他居然还没忘记。他送来一部他所著的《金刚经讲话，附心经讲话》，颇有深入浅出之妙，季淑捧读多遍，若有所契，后来持诵《心经》成为她的日课。人到颠沛流离的时候，很容易沉思冥想，披开尘劳世网而触及此一大事因缘。因为季淑于佛教只得到一些精神上的寄托，无形中也影响到我，我于观经之余常有疑义和她互相剖析商讨，惜无金篦刮膜，我们终未能深入。我写有《了生死》一篇小文，便是我们的一点共同的肤浅之见，有些眼界高的人讥我谓为小乘之见，然哉，然哉！

我们每到一地，季淑对于当地的花木辄甚关心。平山堂附近的大礼堂后身有木棉十数本，高可七八丈，红花盛开，遥望如霞如锦，蔚为壮观。花败落地，訇然有声，据云落头上可以伤人。她从地上拾起一朵，瓣厚数分，蕊如编縓，赏玩久之。

这时候教育部长杭立武先生，次长吴俊升、翟桓先生，他们就在中大的大礼堂楼上办公，通知我教育部要在台湾台北设法恢复国立编译馆的机构。我接受了这个邀请，由台湾的教育厅长陈雪屏先生为我办了入境证，便于一九四九年六月底搭乘华联轮，直驶台湾，季淑晕船，一路很苦。

十四

我临行前写信给我的朋友徐宗涑先生："请为我预订旅舍，否则只好在尊寓屋檐下暂避风雨。"他派人把我们从基隆接到台北他家里歇宿了三天，承他的夫人史永贞大夫盛情款待，季淑与我终身感激。第四天搬进德惠街一号，那是林挺生先生的一栋日式房屋，承他的厚谊使我们有了栖身之处，而且一住就是三年，这一份隆情我们只好永铭心版了。季淑曾对我说："朋友们的恩惠在我们的心上是永不泯灭的，以后纵然有机会能够报答一二，也不能磨灭我们心上的刻痕。"她说得对。

德惠街当时是相当荒僻的地方，街中心是一条死水沟，野草高与人齐，偶有汽车经过，尘土飞扬入室扑面。在榻榻米上睡觉是我们的破题儿第一遭，躺下去之后觉得天花板好高好高，季淑起身时特别感觉吃力。过了两三个月，我买来三张木床，一个圆桌，八个圆凳，前此屋内只有季淑买来的一个藤桌四把藤椅。这是我们的全部家具，一直用了二十多年直到离开台湾始行舍去。有一天齐如山老先生来看我，进门一眼看到室内有床，惊呼曰："吓！混上床了！"这个"混"字（去声）来得妙，混是混事之谓，北方土语谓在社会上闯荡赚钱谋生为"混"。有季淑陪我，我当然能混得下去！徐太太送给我们一块木板、一根擀面杖和几个瓶子，我们便请了宗涑和他的夫人来吃饺子，我擀皮，季淑包，虽然不成敬意，大家都很高兴。

附近有一家冰果店，店名曰"春风"，我们有时踱到那里吃点东西，季淑总是买冰棒一根，取其价廉。我们每去一次，我名之为"春风一度"。

有人送一只特大的来亨鸡，性极凶猛，赤冠金距，遍体洁白，我们名之为"大公"。怕它寂寞，季淑给它买来一只黑毛大母鸡，名"缩脖坛子"，为大公所不喜，后又买来一只小巧的黄花杂毛母鸡，深得大公欢心，我们名之为"小花"。小花生蛋，大公亦有时代孵。大公得食，留给小花，没有缩脖坛子的份儿。卵多被大公踏破，季淑乃取卵纳入纸匣，装以灯泡，不数日而壳破雏出，有时壳坚不得出，她就小心地代为剖剥，黄茸茸的小雏鸡托在掌上，讨人欢喜。雏鸡长大者不过三数只，混种特别矫健，兼有大公之白与小花之俏，我们分别名之为老大、老二、老三。饲鸡是一件趣事，最受欢迎的是沙丁鱼汁拌饭，再不就是残肴剩菜拌饭，而炸酱面尤妙，会像"长虫吃扁担"似的一根根地直吞下去，季淑顾而乐之。养鸡约有两年，后因迁居不便携带乃分送友朋，大公抑郁病死，小花被贼偷走不知所终。

我们本来不拟雇用女仆，季淑愿意操劳家事，她说她亲手制作饭食给我和孩子享用，是她的一大快乐，而且劳动筋骨对她自己也有益处。编译馆事务方面的人坚持要送一位女仆来理炊事，固辞不获，于是我们家里就添了一位年方十九籍隶新竹的丫小姐。是一位天真未凿的乡下姑娘，本地的风俗是乡下人家常把他们的女儿送到城里来做事，并不一定是为糊口，常是为了想在一个良好家庭中学习一些礼仪知识以为异日主持家务之准备。季淑对于佣工，从来没有过摩擦，凡是到我家里来工作的人都是善来善去。这位丫小姐年纪轻轻，而且我们也努力了解本地的风俗习惯，待之以礼，所以和我们相处很好。不知怎的，她一天天地消瘦下来，不思饮食，继而不时长吁短叹，终乃天天以泪洗面。季淑不能不问，她初不肯言，终于廉得其情，其中一部分仍是谎饰，但是我们大体明了她的艰难处境。她急需要钱。季淑基于同情，把她手中剩存美金三十元全部送给了她，解救她的困厄。于羞惭称谢声中，她离我们而去。

编译馆原是由杭立武部长自兼馆长，馆址由洛阳街迁到浦城街，人员增多，业务渐繁，杭先生不暇兼顾，要我代理，于是馆长一职我代理了九个多月。文书鞅掌，非我素习，而人事应付尤为困扰。接事之后，大大小小的机关首长纷纷折简邀宴，饮食征逐，虚糜公帑。有一次在宴会里，一位多年老友拍肩笑着说道："你现在是杭立武的人了！"我生平独来独往不向任何人低头，所以栖栖惶惶一至于斯，如今无端受人讥评，真乃奇耻大辱。归而向季淑怨诉，她很了解我，她说："你忘记在四川时你的一位朋友蒋子奇给你相面，说你'一身傲骨，断难仕进'？"她劝我赶快辞职。她想起她祖父的经验，为官而廉介自持则两袖清风，为官而贪赃枉法则所不屑为，而且仕途险恶，不如早退。她对我说："假设有一天，朋比为奸坐地分赃的机会到了，你大概可以分到大股，你接受不？受则不但自己良心所不许，而且授人以柄，以后永远被制于人。不受则同僚猜忌，唯恐被你检举，因不敢放手胡为而心生怨望，必将从此千方百计陷你于不义而后快。"她这一番话坚定了我求去的心。此时政府改组，杭先生去职，我正好让贤，于是从此脱离了编译馆，专任师大教职。我任事之初，从不往来的人也登门存问，而且其尊夫人也来和季淑周旋，我卸职之后则门可罗雀，其怪遂绝。芝麻大的职位也能反映出一点点的人性。

因为台大聘我去任教并且拨了一栋相当宽敞的宿舍给我，师大要挽留我也拨出一栋宿舍给我，我听从季淑的主张决定留在师大，于是在一九五二年夏搬进了云和街十一号。这也是日式房屋，不过榻榻米改换为地板，有几块地方走上去像是踏在地毯上一般软乎乎的。房子油刷一新，碧绿的两扇大门还相当耀眼，一位早已分配到宿舍而尚无这样大门的朋友顾而叹曰："是乃豪门！"地皮不大方正，前面宽，后面窄，在堪舆家看来是犯大忌的，我们不相信这一套。前院有一棵半枯的松树，一棵头重脚轻的曼陀罗（俗名鸡蛋花），还有一棵很大很大的面包树。这一棵面包树遮盖了大半个院子，叶如巨灵之掌，可当一把蒲扇用，果实烂熟坠地，据云可磨粉做成面包。季淑喜欢这棵树，喜欢它的硕大茂盛。后院里我们种了一棵黄莺、一棵九重葛，都很快地长大。为了响应当时的号召，还在后院建设了一个简陋的防空洞，其作用是积存雨水繁殖蚊虫。

面包树的阴凉，在夏天给我们招来了好几位朋友。孟瑶住在我们街口的一个"危楼"里，陈之藩、王节如也住在不远的地方，走过来不需要五分钟，每当晚饭后薄暮时分这三位是我们的常客。我们没有椅子可以让客人坐，只能搬出洗衣服时用的小竹凳子和我们饭桌旁的三条腿的小圆木凳，比

"班荆道故"的情形略胜一筹。来客在树下怡然就座，不嫌简慢。我们海阔天空，无所不谈。我记得孟瑶讲起她票戏的经验眉飞色舞，节如对于北平的掌故比我知道的还多，之藩说起他小时候写春联的故事最是精彩动人。三位都是戏迷，逼我和季淑到永乐戏院去听戏，之后谈起顾正秋女士谈三天也谈不完。季淑每晚给我们张罗饮料，通常是香片茶，永远是又酽又烫。有时候是冷饮，如果是酸梅汤，就会勾起节如对于北平信远斋的回忆，季淑北平住家就在信远斋附近，她便补充一些有关这一家名店的故事。坐久了，季淑捧出一盘盘的糯米藕，有关糯米藕的故事我可以讲一小时，之藩听得皱眉叹气不已，季淑指着我说："为了这几片藕，几乎把他馋死！"有时候她以冰凉的李子汤给我们解渴，抱憾地说："可惜这里没有老虎眼大酸枣，否则还要可口些。"到了夜深往往大家不肯散，她就为我们准备消夜，有时候是新出屉的大馒头，佐以残羹剩肴。之藩怕鬼，所以临去之前我一定要讲鬼故事，不待讲完他就堵起耳朵。他不一定是真怕鬼，可能是故作怕鬼状，以便引我说鬼，我知道他不怕鬼，他也知道我知道他不怕鬼，彼此心照不宣，每晚闲聊常以鬼故事终场。事后季淑总是怪我："人家怕鬼，你为什么总是说鬼？"

季淑怕狗，比我还要怕。狗没有咬过她，可是她听说有人被疯狗咬过死时的惨状，她就不寒而栗。她出去买菜，若是遇见有狗在巷口徘徊，她就多走一段路绕道而行，有时绕几段路还是有狗，她就索性提着篮子回家，明天再买。有一次在店铺购物，从柜台后面走出一条小狗，她大惊失色，店主人说："怕什么，它还没有生牙呢。"因为狗的缘故，她就很少时候独去买菜，总是由女工陪着她去。"狗是人类最好的朋友"，可是说来惭愧，我们根本不想和狗攀交。

我们的女工都是在婚嫁的时候才离开我们。其中有一位C小姐，在婚期之前季淑就给她张罗购买了一份日用品，包括梳洗和厨房用具，等到吉日便由我家出发，爆竹声中登上彩车而去，门口挤满了看热闹的人，有一位邻人还笑嘻嘻地对季淑说："恭喜，恭喜，令爱今天打扮得好漂亮！"事后季淑还应邀到她的新房去探视过一次，回来告诉我说，她生活清苦，斗室一间，只有一个二尺见方的木板窗。

季淑酷嗜山水，虽然步履不健，尚余勇可贾。几次约集朋友们远足，她都兴致勃勃，八卦山、观音山、金瓜石、狮头山等处都有我们的游踪。看到林木、山石、海水，她都欢喜赞叹，不过因为心脏较弱，已不善登陟。在这个时候，我发现我染有糖尿症，她则为风湿关节炎所苦，老态渐臻，无可如何。

云和街的房子有一重大缺点，地板底下每雨则经常积水，无法清除，所以总觉得室内潮气袭人，秋后尤甚，季淑称之为水牢。这对于她的风湿当然不利。一九五八年夏，文蔷赴美游学，家里顿形凄凉，我们有意改换环境。适有朋友进言，居住公家的日式房屋既不称意，何不买地自建房屋？我们心动。于是季淑天天奔走，到处看房看地，我们终于决定买下了安东街三〇九巷的一块地皮。于一九五九年一月迁入新居。

十五

我岂不知"求田问舍，怕应羞见，刘郎才气"？只因季淑病躯需要调养，故乃罄其所有，营此小筑。地皮不大，仅一百三十余坪。倩同学友人陆云龙先生鸠工兴建，图样是我们自己打的。我们打图的计划是，房求其小，院求其大，因为两个人不需要大房，而季淑要种花木故院需宽敞。室内设计则务求适合我们的需要。她不喜欢我独自幽闭在一间书斋之内，她不愿扰我工作，但亦不愿与我终日隔离，她要随时能看见我。于是我们有一奇怪的设计，一联三间房，一间寝室，一间书房，中间一间起居室，拉门两套虽设而常开。我在书房工作，抬头即可看见季淑在起居室内闲坐，有时我晚间工作亦可看见她在床上躺着。这一设计满足了我们的相互的愿望。季淑坐在中间的起居室，我曾笑她像是蜘蛛网上的一只雌蜘蛛：盘踞网的中央，窥察四方的一切动静，照顾全家所有的需要，不愧为名副其实的一家之主。

不出半年，新屋落成。金圣叹《三十三不亦快哉》，其中之一是："本不欲造屋，偶得闲钱，试造一屋。自此日为始，需木，需石，需瓦，需砖，需灰，需钉，无晨无夕，不来聒于两耳。乃至罗雀掘鼠，无非为屋校计，而又都不得屋住，既已安之如命矣。忽然一日屋竟落成，刷墙扫地，糊窗挂画。一切匠作出门毕去，同人乃来分榻列坐。不亦快哉！"我们之快哉则有甚于此者。一切委托工程师，无应付工人之烦，一切早有预算，无临时罗掘之必要。唯一遗憾的是房屋造得太结实，比主人的身体要结实得多，十三年来没漏过雨水，地板没塌陷过一块，后来拆除的时候很费手脚。落成之后，好心朋友代我们做了庭园的布置，草皮花木应有尽有。季淑携来一粒面包树的种子，栽在前院角上，居然苗长甚速，虽经台风几番摧毁，由于照管得法，长成大树，因为是她所手植，我特别喜爱它。

云和街的房子空出来之后，候补迁入的人很多，季淑坚决主张不可私相授受，历年修缮增建所耗亦无须计较索偿，所以我无任何条件于搬出之日将钥匙送归学校，手续清楚。季淑则着手打扫清洁，不使继居者感到不便。我们临去时对那棵大面包树频频回顾，不胜依依。后来路经附近一带，我们也常特为绕道来此看看这棵树的雄姿是否无恙。

住到新房里不久，季淑患匐行疹（俗名转腰龙），腰上生一连串的小疱，是神经末梢的发炎，原因不明，不外是过滤性病毒所致，西医没有方法治疗，只能镇定剧痛的感觉。除了照料她的饮食之外，我爱莫能助。有一位朋友来探病，把我拉到一边告诉我说："此病不可轻视，等到腰上的一条龙合围一周，人就不行了。"又有一位朋友笑嘻嘻地四下打量着说："有这样的房子住，就是生病也是幸福。"这病拖延十日左右，最后有朋友介绍南昌街一位中医华佗氏，用他密制的药粉和以捣碎的瓮菜泥敷在患处，果然见效，一天天地好起来了。介绍华佗氏的这位朋友也为我的糖尿症推荐一个偏方：用玉蜀黍的须子熬水大量饮用。我试了好多天，无法证明其为有效。

说起糖尿症，我连累季淑不少。饮食无度，运动太少，为致病之由。她引咎自责，认为她所调配的食物不当，于是她就悉心改变我的饮食，其实医云这是老年性的糖尿症，并不严重。文蔷寄来一册《糖尿症手册》，深入浅出，十分有用，我细看不止一遍，还借给别人参阅。糖是不给我吃了，碳水化合物也减少到最低限度，本来炸酱面至少要吃两大碗，如今改为一大碗，而其中三分之二是黄瓜丝绿豆芽，面条只有十根八根埋在下面。一顿饭以两片面包为限，要我大量地吃黄瓜拌粉。动物性脂肪几乎绝迹，改用红花子油。她常感慨地说："有一些所谓'职业妇女'者，常讥笑家庭主妇的职业是在厨房里，其实我在厨房里的工作也还没有做好。"事实上，她做得太好了。自来台以后，我不太喜欢酒食应酬，有时避免开罪于人非敬陪末座不可，季淑就为我特制三明治一个，放在衣袋里，等别人"式燕以敖"的时候我就取出三明治，道一声"告罪"，徐徐啮而食之。这虽令人败兴，但久之朋友们也就很少约我赴宴。在这样的饮食控制之下我的糖尿症没有恶化，直到如今我遵照季淑给我配制的食谱，维持我的体重。

我们不喜欢赌，赌具却有一副，那是我在北平买的一副旧的麻将牌。季淑家居烦闷，三五好友就常聚在一起消磨时间，赌注小到不能再小，八圈散场，卫生之至。夫妻同时上桌乃赌家大忌，所以我只扮演"牌童"一旁伺候，时而茶水，时而点心，忙得团团转。赌，不开始则已，一开始赌注必定越来越大，圈数必定越来越多，牌友必定越来越杂。同时这种游戏对于关节炎患者并不适宜。有一天季淑突然对我宣告："我从今天戒赌。"真的，从那一天起，真个不再打牌，以后连赌具也送人了，一张特制的桌面可以折角的牌桌也送人了，关于麻将之事从此提都不提，我说不妨偶一为之，她也不肯。

对于花木，她的兴复不浅。后院墙角搭起一个八尺见方的竹棚（警察认为是违章建筑，但结果未被拆除），里面养了几十盆洋兰和素心兰。她最爱的是素心兰，严格讲应该是蕙，姿态可以入画，一缕幽香不时地袭人，花开时搬到室内，满室郁然。友人从山中送来一株灵芝，插入盆内，成为高雅的清供。竹棚上的玻璃被邻街的恶童一块块地击毁，不复能蔽风雨，她索性把兰花一盆盆地吊在前院一棵巨大的夹竹桃下，勉强有点阴凉，只是遇到连绵的雨水或酷寒的天气便需一盆盆地搬进室内，有时半夜起来抢救，实在辛劳。玫瑰也是她所欣喜的，我们也有一些友人赠送的比较贵重的品种，遇有大风雨，她便用塑料袋把花苞一个个地包起来，使不受损，终以阳光太烈土壤不肥，虽施专门的花肥，仍不能培护得宜。她常说："我们的兰花，不能和胡伟克先生家的相比，我们的玫瑰，不能和张棋祥先生的相比，但是我亲手培养的就格外亲切可爱。"可惜她力不从心，不大能弯腰，亦不便蹲下，园艺之事不能尽兴。院里有含笑一株，英文叫banana shrub，因花香略带甜味近似香蕉，是我国南方有名的花木。有一天，师大送公教配给的工友来了，他在门外就闻到了含笑的香气，他乞求摘下几朵，问他做何用途，他惨然说："我的母亲最爱此花，最近她逝世了，我想讨几朵献在她的灵前。"季淑大受感动，为之涕下，以后他每次来，不等他开口，只要枝上有花，必定摘下一盘给他。

季淑爱花草，不分贵贱，一视同仁。有一次在阳明山上的石隙中间看见一株小草，叶子像是竹叶，但不是竹，葱绿而挺俏，她试一抽取，连根拔出，遂小心翼翼地裹以手帕带回家里，栽在盆中灌水施肥，居然成一盆景。我做出要给她拔掉之状，她就大叫。

房檐下遮窗的雨棚，有几个铁钩子，是工程师好意安装的，季淑说："这是天造地设，应该挂几个鸟笼。"于是我们买了三四个鸟笼，先是养起两只金丝雀。喂小米，喂菜心，喂红萝卜，鸟儿就是不大肯唱。后来请教高人，才知道一雌一雄不该放在一起，要隔离之后雄的才肯引吭高歌（不独鸟类如此，人亦何尝不然？能接吻的嘴是不想歌唱的）。我们试验之后，果然，但是总觉得这样摆布未免残忍。后来又养一种小鹦鹉，又名爱鸟，宽大的喙，整天咕咕地亲嘴。听说这种鹦鹉容易传染一种热病。我们开笼放生，不久又都飞回来，因为笼里有食物，宁可回到笼里来。之后，又养了一只画眉，这是一种雄壮的野鸟，怕光怕人，需要被人提着笼摇摇晃晃地早晨出去溜达。叫的声音可真好听，高亢而清脆，声达一二十丈以外。我们没有工夫遛它，有一天它以头撞笼流血而死。从此我们也就不再养鸟。在大自然的环境中，每见小鸟在枝头跳跃，季淑就驻足而观，喜不自禁。她喜爱鸟的轻盈的体态。

一九六〇年七月，我参加"中美文化关系讨论会"赴美国西雅图，顺便到伊利诺州看新婚后的文蔷，这是我来台后第一次和季淑做短期的别离，约二十日。我的心情就和三十多年前在美国做学生的时代一样，总是记挂着她。事毕我匆匆回来，她盛装到机场接我，"铅华不可弃，莫是藁砧归"？她穿的是自己缝制的一件西装，鞋子也是新的。她已许久不穿旗袍，因为腰窄领硬很不舒服，西装比较洒脱，领胸可以开得低低的。她算计着我的归期，花两天的时间就缝好了一件新衣，花样式样我认为都无懈可击。我在汽车里就告诉她："我喜欢你的装束。"小别重逢，"其新孔嘉，其旧如之何"？

一九六三年十二月十八日，有独行盗侵入寒家，持枪勒索，时季淑正在厨房预备午膳。文蔷甫自美国返来省亲，季淑特赴市场购得黄鳝数尾，拟做生炒鳝丝，方下油锅翻炒，闻警急奔入室，见盗正在以枪对我作欲射状。她从容不迫，告之曰："你有何要求，尽管直说，我们会答应你的。"盗色稍霁。这时候门铃声大作，盗惶恐以为缇骑到门，扬言杀人同归于尽。季淑徐谓之曰："你们二位坐下谈谈；我去应门，无论是谁吾不准其入门。"盗果就座，取钱之后犹嫌不足，夺我手表，复迫季淑交出首饰，她有首饰盒二，其一尽系廉价赝品，立取以应，盗匆匆抓取一把珠项链等物而去。当天夜晚，盗即就逮，于一月三日伏法。此次事件端赖季淑临危不乱，镇定应付，使我得以幸免于祸灾。未定谳前，季淑复力求警宪从轻发落，声泪俱下。碍于国法，终处极刑，我们为之痛心者累日。季淑的镇定的性格，得自母氏，我的岳母之沉着稳重有非常人所能及者。

那盘生炒鳝丝，我们无心享受。事实上若非文蔷远路归宁，季淑亦决不烹此异味，因为宰割鳝鱼厥状至惨，她雅不欲亲见杀生以恣口腹之欲。我们两人在外就膳，最喜"素菜之家"，清心寡欲，心安理得，她常说："自奉欲俭，待人不可不丰。"我有时邀约友好到家小聚，季淑总是欣然筹划，亲自下厨，她说她喜欢为人服务。最熟的三五朋友偶然来家午膳，季淑常以馅饼飨客，包制馅饼之法她得到母亲的真传，皮薄而匀，不干不破，客人无不击赏，他们因自号为"馅饼小姐"。有一回一位朋友食季淑亲制之葱油饼，松软而酥脆，不禁跷起拇指，赞曰："江南第一！"

季淑以主持中馈为荣，我亦以陪她商略膳食为乐。买菜之事很少委之用人，尤其是我退休以后空闲较多，她每隔两日提篮上市，我必与俱。她提竹篮，我携皮包，缓步而行，绕市一匝，满载而归。市廛摊贩几乎无人不识这一对蹒跚老者，因为我们举目四望很难发现再有这样一对。回到家里，倾筐倒箧，堆满桌上，然后我们就对面而坐，剥豌豆，掐豆芽，劈菜心……差不多一小时，一面手不停挥，一面闲话家常。随后我就去做我的工作，等到一声"吃饭"我便坐享其成。十二时午饭，六时晚饭，准时用餐，往往是分秒不爽，多少年来总是如此。

帮我们做工的w小姐，做了五年之后于归，我们舍不得她去，季淑为她置备一些用品，又送她一架缝纫机，由我们家里登上彩车而去。以后她还常来探视我们。

我的生日在腊八那一天，所以不容易忘过。天还未明，我的耳边就有她的声音："腊七腊八儿，冻死寒鸦儿，我的寒鸦儿冻死了没有？"我要她多睡一会儿，她不肯，匆匆爬起来就往厨房跑，去熬一大锅腊八粥。等我起身，热乎乎的一碗粥已经端到我的跟前。这一锅粥，她事前要准备好几天，跑几趟街才能勉强办齐基本的几样粥果，核桃要剥皮，瓜子也要去皮，红枣要刷洗，白果要去壳——好费手脚。我劝她免去这个旧俗，她说："不，一年只此一遭，我要给你做。"她年年不忘，直到来了美国最后两年，格于环境，她才抱憾地罢手。头一年腊八，她在我的纪念册上画了一幅兰花，第二年腊八，将近甲寅，她为我写了一个"一笔虎"，缀以这样的几个字：

华：

明年是你的本命年，

我写一笔虎，

祝你寿绵绵，

我不要你风生虎啸，

我愿你老来无事饱加餐。

季淑

"无事""加餐"，谈何容易！我但愿能不辜负她的愿望。

有一天我们闲步，巷口邻家的一个小女孩立在门口，用她的小指头指着季淑说："你老啦，你的头发都白啦。"童言无忌，相与一笑。回家之后季淑就说："我想去染头发。"我说："千万不要。我爱你的本色。头白不白，没有关系，不过我们是已经到了偕老的阶段。"从这天起，我开始考虑退休的问题。我需要更多的时间享受我的家庭生活，也需要更多的时间译完我久已应该完成的《莎士比亚全集》，在季淑充分谅解与支持之下我于一九六六年夏奉准退休，结束了我在教育界四十年的服务。

八月十四日师大英语系及英语研究所同人邀宴我们夫妇于欣欣餐厅，出席者六十人，我们很兴奋也很感慨。我们于二十四日设宴于北投金门饭店答谢同人，并游野柳。退休之后，我们无忧无虑到处闲游了几天。最近的地方是阳明山，我们寻幽探胜专找那些没有游人肯去的地方。我有午睡习惯，饭后至旅舍辟室休息，携手走出的时候旅舍主人往往投以奇异的眼光，好像是不大明白这样一对老人到这里来是搞什么勾当。有一天季淑说："青草湖好不好？"我说："管他好不好！去！"一所破庙，一塘泥水，但是也有一点野趣，我们的兴致很高。更有时季淑备了卤菜，我们到荣星花园去野餐，也能度过一个愉快的半天。

　　我没有忘记翻译莎氏戏剧，我伏在案头辄不知时刻，季淑不时地喊我："起来！起来！陪我到院里走走。"她是要我休息，于是相偕出门赏玩她手栽的一草一木。我翻译莎氏，没有什么报酬可言，穷年累月，兀兀不休，其间也很少得到鼓励，漫漫长途中陪伴我体贴我的只有季淑一人。最后三十七种剧本译完，由远东图书公司出版，一九六七年八月六日承朋友们的厚爱，以"中国文艺协会""中国青年写作协会""台湾省妇女写作协会""中国语文学会"的名义发起在台北举行庆祝会，到会者约三百人，主其事者是刘白如、赵友培、王蓝等几位先生。有两位女士代表献花给我们夫妇，我对季淑说："好像我们又在结婚似的。"是日《中华日报》有一段报道，说我是"三喜临门"："一喜，三十七本莎翁戏剧出版了，这是台湾省的第一部由一个人译成的全集；二喜，梁实秋和他的老伴结婚四十周年；三喜，他的爱女梁文蔷带着丈夫邱士耀和两个宝宝由美国回来看公公。"三喜临门固然使我高兴，最能使我感动的另有两件事：一是谢冰莹先生在庆祝会中致辞，大声疾呼："莎氏全集的翻译完成，应该一半归功于梁夫人！"一是《世界画刊》的社长张自英先生在我书房壁上看见季淑的照片，便要求取去制版刊在他的第三百二十三期画报上，并加注明："这是梁夫人程季淑女士——在四十二年前——年轻时的玉照，大家认为梁先生的成就，一半应该归功于他的夫人。"他们二位异口同声说出了一个妻子对于她的丈夫之重要。她容忍我这么多年做这样没有急功近利可图的工作，而且给我制造身心愉快的环境，使我能安心地专于其事。

文蔷、士耀和两个孩子在台住了一年零九个月，给了我们很大的安慰，可是他们终于去了，又使我们惘然。我用了一年的工夫译了莎士比亚的三部诗，全集四十册算是名副其实地完成了，从此与莎士比亚暂时告别。一九六八年春天，我重读近人一篇短篇小说，题名是《迟些聊胜于无》（*Better Late Than Never*），描述一个老人退休后领了一笔钱带着他的老妻补做蜜月旅行，甚为动人，我曾把它收入我编的高中英语教科书，如今想想这也正是我现在应该做的事。我向季淑提议到美国去游历一番，探视文蔷一家，顺便补偿我们当初结婚后没有能享受的蜜月旅行，她起初不肯，我就引述那篇小说里的一句话："什么，一个新娘子拒绝和她的丈夫做蜜月旅行！"她这才没有话说。我们于一九七〇年四月二十一日飞往美国，度我们的蜜月，不是一个月，是约四个月，于八月十九日返回台北，这是我们的一个豪华的扩大的迟来的蜜月旅行，途中经过俱见我所写的一个小册《西雅图杂记》。

十六

我们匆匆回到台北，因为帮我们做家务的C小姐即将结婚，她在我们家里工作已经七年，平素忠于职守，约定等我们回来她再成婚，所以我们的蜜月不能耽误人家的好事。季淑从美国给她带来一件大衣，她出嫁时赠送她一架电视机及家中一些旧的家具之类。我们去吃了喜酒。她的父母对我们说了一些话，我一句也听不懂，季淑听懂了其中一部分：都是乡村人所能说出的简单而诚挚的话。我已多年不赴喜宴，最多是观礼申贺，但是这一次是例外，直到筵散才去。我们两年后离开台北，登车而去的时候，她赶来送行，我看见她站在我们家门口落下了泪。

我有凌晨外出散步的习惯，季淑怕我受寒，尤其是隆冬的时候，她给我缝制一条丝棉裤，裤脚处钉一副飘带，绑扎起来密不透风，又轻又暖。像这样的裤子，我想在台湾恐怕只此一条。她又给我做了一件丝绵长袍，在冬装中这是最舒适的衣服，第一件穿脏了不便拆洗，她索性再做一件。做丝绵袍不是简单的事，台湾的裁缝匠已经很少人会做。季淑做起来也很费事，买衣料和丝绵，一张张地翻丝绵，做丝绵套，剪裁衣料，绷线，抹糨糊，撩边，钉纽扣，这一连串工作不用一个月也要用二十天才能竣事，而且家里没有宽大的台面，只能拉开餐桌的桌面凑合着用，佝偻着腰，再加上她的老花眼，实在是过于辛苦。我说我愿放弃这一奢侈享受，她说："你忘记了？你的狐皮袄我都给你做了，丝绵袍算得了什么？"新做的一件，只在阴历年穿一两天，至今留在身边没舍得穿。

说到阴历年，在台湾可真是热闹，也许是大家心情苦闷怀念旧俗吧，不知为什么有那么多的人竞相拜年。季淑是永远不肯慢待嘉宾的，起先是大清早就备好的莲子汤、茶叶蛋以及糖果之类，后来看到来宾最欣赏的是舶来品，她就索性全以舶来品待客。客人可以成群结队地来，走时往往是单人独个地走，我们双双地恭送到大门口，一天下来精疲力竭。但是她没有怨言，她感谢客人的光临。我的老家，自一九一二年起，就取消了"过年"的一切仪式。到台湾后季淑就说："别的不提，祖先是不能不祭的。"我觉得她说得对。一个人怎能不慎终追远呢？每逢过年，她必定置办酒肴，燃烛焚香，祭奠我的列祖列宗。她因为腿脚关节不灵，跪拜下去就站不起来，我在旁拉扯她一把。我建议给我的岳母也立一个灵位，我愿一同拜祭略尽一点孝意，她说不可，另外焚一些冥镪便是。我陪同她折锡箔，我给她写纸包袱，由她去焚送。她知道这一切都是无裨实际的形式，但是她说："除此以外，我们对于已经弃养的父母还能做些什么呢？"

一般人主持家计，应该是量入为出，季淑说："到了衣食无缺的地步之后，便不该是'量入为出'，应该是'量入为储'，因为你不知道什么时候你将有不时之需。"有人批评我们说："你们府上每月收入多少，与你们的生活水准似乎无关。"是的，季淑根本不热心于提高日常的生活水准。东西不破，不换新的。一根绳，一张纸，不轻抛弃。院里树木砍下的枝叶，晒干了之后留在冬季烧壁炉。鼓励消费之说与分期付款的制度，她是听不入耳的。可是在另一方面，她很豪爽，她常说"贫家富路"，外出旅行的时候绝不吝啬；过年送出去的红包，从不缺少；亲戚子弟读书而膏火不继，朋友出国而资斧不足，她都欣然接济。我告诉她我有一位朋友遭遇不幸急需巨款，她没有犹豫就主张把我们几年的储蓄举以相赠，而且事后她没有向任何人提起。

俗语说：女主内，男主外。我的家则无论内外一向由季淑兼顾。后来我觉察她的体力渐不如往昔的健旺，我便尽力减少在家里宴客的次数，我不要她在厨房里劳累，同时她外出办事我也尽可能地和她偕行。果然，有一天，在南昌街合会她从沙发上起立突然倒在地上，到沈彦大夫诊所查验，血压高至二百四十几度，立即在该诊所楼上病房卧下，住了十天才回家。病房的伙食只是大碗面大碗饭，并不考虑病人的需要，我每天上午去看她，送一瓶鲜橘汁，这是多少年来我亲手每天为她预备的早餐的一部分，再送一些她所喜欢的食物，到下午我就回家，这十天我很寂寞，但是她在病房里更惦记我。

高血压是要长期服药休养的，我买了一个血压计，我耳聋听不到声音，她自己试量。悉心调养之下她的情况渐趋好转，但是任何激烈的动作均行避免。

自从季淑患高血压，文蔷就企盼我们能到美国去居住，她就近可以照料。一九七二年国际情势急剧变化，她便更为着急。我们终于下了决心，卖掉房子，结束这个经营了多年的破家，迁移到美国去。但是卖房子结束破家，这一连串的行动牵涉很广，要奔走，要费唇舌，要与市侩为伍，要走官厅门路，这一份苦难我们两个互相扶持地承受了下来。于五月二十六日我们到了美国。

十七

美国不是一个适于老年人居住的地方。一棵大树，从土里挖出来，移植到另外一个地方去，都不容易活，何况人？人在本乡本土的文化里根深蒂固，一挖起来总要伤根，到了异乡异地水土不服自是意料中事。季淑肯到美国来，还不是为了我？

西雅图地方好，旧地重游，当然兴奋。季淑看到了她两年前买的一棵山杜鹃已长大了不少，心里很欢喜。有人怨此地气候潮湿，我们从台湾来的人只觉得其空气异常干燥舒适。她来此后风湿性关节炎没有严重地复发过，我们私心窃喜。每逢周末，士耀驾车，全家出外郊游，她的兴致总是很高，咸水公园捞海带，植物园池塘饲鸭，摩基提欧轮渡码头喂海鸥，奥林匹亚啤酒厂参观酿造，斯诺夸密观瀑，义勇军公园温室赏花，布欧尔农庄摘豆，她常常乐而忘疲。从前去过加拿大维多利亚拔卓特花园，那里的球茎秋海棠如云似锦，她常念念不忘。但是她仍不能不怀念安东街寓所她手植的那棵面包树，那棵树依然无恙，我在一九七三年一月十一日（壬子腊八）戏填一首俚词给她看：

恼煞无端天末去。几度风狂，不道岁云暮。莫叹旧居无觅处，犹存墙角面包树。

目断长空迷津渡。泪眼倚楼，楼外青无数。往事如烟如柳絮，相思便是春常驻。

事实上她从来不对任何人有任何怨诉，只是有的时候对我掩不住她的一缕乡愁。

在百无聊赖的时候季淑就织毛线。她的视神经萎缩，不能多阅读，织毛线可以不太耗目力。在织了好多件成品之后她要给我织一件毛衣，我怕她太劳累，宁愿继续穿那一件旧的深红色的毛衣，那也是她给我织的，不过是四十几年前的事了。我开始穿那红毛衣的时候，杨金甫还笑我是"暗藏春色"。如今这红毛衣已经磨得光平，没有一点毛。有一天她得便买了毛线回来，天蓝色的，十分美观，没有用多少工夫就织成了，上身一试，服服帖帖。她说："我给你织这一件，要你再穿四十年。"

岁月不饶人，我们两个都垂垂老矣，有一天，她抚摩着我的头发，说："你的头发现在又细又软，你可记得从前有一阵你不愿进理发馆，我给你理发，你的头发又多又粗，硬得像是板刷，一剪子下去，头发渣迸得满处都是。"她这几句话引我想起英国诗人彭士（Robert Burns）的一首小诗：

John Anderson My Jo
John Anderson my jo, John,

When we were first aequent,
Your locks were like the raven,
Your bonie brow was brent;
But now your brow is beld, John,
Your locks are like the snaw,
But blessings on your frosty pow,
John Anderson my jo!
John Anderson my jo, John,
We clamb the hill thegither,
And monie a cantie day, John,
We've had wi'ane anither:
Now we maun totter down, John,
And hand in hand we'll go,
And sleep thegither at the foot,
John Anderson my jo!

约翰安德森我的心肝

约翰安德森我的心肝，约翰，
想当初我们俩刚刚相识的时候，
你的头发黑得像是乌鸦一般，
你的美丽的前额光光溜溜；
但是如今你的头秃了，约翰，
你的头发白得像雪一般，
但愿上天降福在你的白头上面，
约翰安德森我的心肝！

约翰安德森我的心肝，约翰，

我们俩一同爬上山去，

很多快乐的日子，约翰，

我们是在一起过的：

如今我们必须蹒跚地下去，约翰，

我们要手拉着手地走下山去，

在山脚下长眠在一起，

约翰安德森我的心肝！

　　我们两个很爱这首诗，因为我们深深理会其中深挚的情感与哀伤的意味。我们就是正在"手拉着手地走下山"。我们在一起低吟这首诗不知有多少遍！

　　季淑怵上楼梯，但是餐后回到室内须要登楼，她就四肢着地地爬上去。她常穿一件黑毛绒线的上衣，宽宽大大的，毛毛茸茸的，在爬楼的时候我常戏言："黑熊，爬上去！"她不以为忤，掉转头来对我吼一声，作咬人状。可是进入室内，她就倒在我的怀内，我感觉到她的心脏扑通扑通地跳。我们不讳言死，相反地，还常谈论到这件事。季淑说："我们已经偕老，没有遗憾，但愿有一天我们能够口里喊着'一、二、三'，然后一起同时死去。"这是太大的奢望，恐怕总要有个先后。先死者幸福，后死者苦痛。她说她愿先死，我说我愿先死。可是略加思索，我就改变主张，我说："那后死者的苦痛还是让我来承当吧！"她谆谆地叮嘱我说，万一她先我而死，我须要怎样地照顾我自己，诸如工作的时间不要太长，补充的药物不要间断，散步必须持之以恒，甜食不可贪恋——没有一项琐节她不曾想到。

　　我想手拉着手地走下山也许尚有一段路程。申请长久居留的手续已经办了一年多，总有一天会得到结果，我们将双双地回到本国的土地上去走一遭。再过两年多，便是我们结婚五十周年，在可能范围内要庆祝一番，我们私下里不知商量出多少个计划。谁知道这两个期望都落了空！

四月三十日那个不祥的日子！命运突然攫去了她的生命！上午十点半我们手拉着手到附近市场去买一些午餐的食物，市场门前一个梯子忽然倒下，正好击中了她。送医院急救，手术后未能醒来，遂与世长辞。在进入手术室之前的最后一刻，她重复地对我说："华，你不要着急！华，你不要着急！"这是她最后对我说的一句话，她直到最后还是不放心我，她没有顾虑到她自己的安危。到了手术室门口，医师要我告诉她，请她不要紧张，最好是笑一下，医师也就可以轻松地执行他的手术。她真的笑了，这是我在她生时最后看到的她的笑容！她在极痛苦的时候，还是应人之请做出了一个笑容！她一生茹苦含辛，不愿使任何别人难过。

我说这是命运，因为我想不出别的任何理由可以解释。我问天，天不语。哈代（Thomas Hardy）有一首诗《二者的辐合》（*The Convergence of the Twain*），写一九一二年四月十五日豪华邮轮铁达尼号在大西洋上做处女航，和一座海上漂流的大冰山相撞，死亡在一千五百人以上。在时间上空间上配合得那样巧，以至造成那样的大悲剧。季淑遭遇的意外，亦正与此仿佛，不是命运是什么？人世间时常没有公道，没有报应，只是命运，盲目的命运！我像一棵树，突然一声霹雳，电火殛毁了半劈的树干，还剩下半株，有枝有叶，还活着，但是生意尽矣。两个人手拉着手地走下山，一个突然倒下去，另一个只好踉踉跄跄地独自继续他的旅程！

本文曾引录潘岳的悼亡诗，其中有一句："上惭东门吴。"东门吴是人名，复姓东门，春秋魏人。《列子·力命》："魏人有东门吴者，其子死而不忧。其相室曰：'公之爱子，天下无有，今子死，不忧何也？'东门吴曰：'吾常无子，无子之时不忧。今子死，乃与向无子同，臣奚忧焉？'"这个说法是很勉强的。我现在茕然一鳏，其心情并不同于当初独身未娶时。多少朋友劝我节哀顺变，变故之来，无可奈何，只能顺承，而哀从中来，如何能节？我希望人死之后尚有鬼魂，夜眠闻声惊醒，以为亡魂归来，而竟无灵异。白昼萦想，不能去怀，希望梦寐之中或可相觌，而竟不来入梦！环顾室中，其物犹故，其人不存。元微之悼亡诗有句："唯将终夜常开眼，报答平生未展眉。"我固不仅是终夜常开眼也。

季淑逝后之翌日，得此间移民局通知前去检验体格然后领取证书。又逾数十日得大陆子女消息。我只能到她的坟墓去涕泣以告。六月三日师大英语系同人在台北善导寺设奠追悼，吊者二百余人，我不能亲去一恸，乃请陈秀英女士代我答礼，又信笔写一对联寄去，文曰："形影不离，五十年来成梦幻；音容宛在，八千里外吊亡魂。"是日我亦持诵《金刚经》一遍，口诵"一切有为法，如梦幻泡影，如露亦如电，应作如是观"，而我心有驻，不能免于实执。五十余年来，季淑以其全部精力情感奉献给我，我能何以为报？秦嘉赠妇诗：

诗人感木瓜，乃欲答瑶琼。

愧彼赠我厚，惭此往物轻。

虽知未足报，贵用叙我情。

缅怀既往，聊当一哭！衷心伤悲，掷笔三叹！

一九七四年八月二十九日于美国西雅图

世间种种
都是深情

父母对子女的爱，子女对父母的爱，是神圣的

父母对子女的爱，子女对父母的爱，是神圣的。我写过一些杂忆的文字，不曾写过我的父母，因为关于这个题目我不敢轻易下笔。小民女士逼我写几句话，辞不获已，谨先略述二三小事以应，然已临文不胜风木之悲。

我的母亲姓沈，杭州人。世居城内上羊市街。我在幼时曾侍母归宁，时外祖母尚在，年近八十。外祖父入学后，没有更进一步的功名，但是课子女读书甚严。我的母亲教导我们读书启蒙，尝说起她小时苦读的情形。她同我的两位舅父一起冬夜读书，冷得腿脚僵冻，取大竹篓一，实以败絮，三个人伸足其中以取暖。我当时听得惕然心惊，遂不敢荒嬉。我的母亲来我家时年甫十八九，以后操持家务尽瘁终身，不复有暇进修。

我同胞兄弟姊妹十一人，母亲的劬育之劳可想而知。我记得我母亲常于百忙之中抽空给我们几个较小的孩子洗澡。我怕肥皂水流到眼里，我怕痒，总是躲躲闪闪，总是格格地笑个不住，母亲没有工夫和我们纠缠，随手一巴掌打在身上，边洗边打边笑。

北方的冬天冷，屋里虽然有火炉，睡时被褥还是凉似铁。尤其是钻进被窝之后，脖子后面透风，冷气顺着脊背吹了进来。我们几个孩子睡一个大炕，头朝外，一排四个被窝。母亲每晚看到我们钻进了被窝，叽叽喳喳地笑

语不停，便走过来把油灯吹熄，然后给我们一个个地把脖子后面的棉被塞紧，被窝立刻暖和起来，不知不觉地就睡着了。我不知道母亲用的是什么手法，只知道她塞棉被带给我无可言说的温暖舒适，我至今想起来还是快乐的，可是那个感受不可复得了。

我从小不喜欢喧闹。祖父母生日照例院里搭台唱傀儡戏或滦州影戏。一过八点我便掉头而去进屋睡觉。母亲得暇便取出一个大笸箩，里面装的是针线剪尺一类的缝纫器材，她要做一些缝缝连连的工作，这时候我总是一声不响地偎在她的身旁，她赶我走我也不走，有时候竟睡着了。母亲说我乖，也说我孤僻。如今想想，一个人能有多少时间可以偎在母亲身旁？

在我的儿时记忆中，我母亲好像是没有时候睡觉。天亮就要起来，给我们梳小辫是一桩大事，一根一根地梳个没完。她自己要梳头，我记得她用一把抿子蘸着刨花水，把头发弄得锃光大亮。然后她就要一听上房有动静便急忙前去当差。盖碗茶、燕窝、莲子、点心，都有人预备好了，但是需要她去双手捧着送到祖父母跟前，否则要儿媳妇做什么？在公婆面前，儿媳妇是永远站着，没有座位的。足足地站几个钟头下来，不是缠足的女人怕也受不了！最苦的是，公婆年纪大，不过午夜不安歇，儿媳妇要跟着熬夜在一旁侍候。她困极了，有时候回到房里来不及脱衣服倒下便睡着了。虽然如此，母亲从来没有发过一句怨言。到了民元前几年，祖父母相继去世，我母亲才稍得清闲，然而主持家政教养儿女也够她劳苦的了。她抽暇隔几年返回杭州老家去度夏，有好几次都是由我随侍。

母亲爱她的家乡。在北京住了几十年，乡音不能完全改掉。我们常取笑她，例如北京的"京"，她说成"金"，她有时也跟我们学，总是学不好，她自己也觉得好笑。我有时学着说杭州话，她说难听死了，像是门口儿卖笋尖的小贩说的话。

我想一般人都会同意，凡是自己母亲做的菜永远是最好吃的。我的母亲平常不下厨房，但是她高兴的时候，尤其是父亲亲自到市场买回鱼鲜或其他南货的时候，在父亲特烦之下，她也欣然操起刀俎。这时候我们就有福了。我十四岁离家到清华，每星期回家一天，母亲就特别疼爱我，几乎很少例外地要亲自给我炒一盘冬笋木耳韭菜黄肉丝，起锅时浇一勺花雕酒，这是我最喜欢的一道菜。但是这一盘菜一定要母亲自己炒，别人炒味道就不一样了。

我母亲喜欢在高兴的时候喝几盅酒。冬天午后围炉的时候，她常要我们打电话到长发叫五斤花雕，绿釉瓦罐，口上罩着一张毛边纸，温热了倒在茶杯里和我们共饮。下酒的是大落花生，若是有"抓空儿的"，买些干瘪的花生吃则更有味。我和两位姐姐陪母亲一顿吃完那一罐酒。后来我在四川独居无聊，一斤花生一罐茅台当作晚饭，朋友们笑我吃"花酒"，其实是我母亲留下的作风。

我自从入了清华，以后和母亲在一起的时候就少了。抗战前后各有三年和母亲住在一起。母亲晚年喜欢听平剧（编者注：京剧，新中国成立前北京叫北平），最常去的地方是吉祥，因为离家近，打个电话给卖飞票的，总有好的座位。我很后悔，我没能分出时间陪她听戏，只是由我的姐姐弟弟们陪她消遣。

我父亲曾对我说，我们的家所以成为一个家，我们几个孩子所以能成为人，全是靠了我母亲的辛劳维护。一九四九年以后，音讯中断，直等到恢复联系，才知道母亲早已弃养，享寿九十岁。西俗，母亲节佩红康乃馨，如不确知母亲是否尚在则佩红白康乃馨各一。如今我只有佩白康乃馨的份儿了，养生送死，两俱有亏，惨痛惨痛！

我的一位国文老师

最是师恩难忘

　　我在十八九岁的时候，遇见一位国文先生，他给我的印象最深，使我受益也最多，我至今不能忘记他。

　　先生姓徐，名镜澄，我们给他取的绰号是"徐老虎"，因为他凶。他的相貌很古怪，他的脑袋的轮廓是有棱有角的，很容易成为漫画的对象。头很尖，秃秃的、亮亮的，脸形却是方方的、扁扁的，有些像《聊斋志异》绘图中的夜叉的模样。他的鼻子、眼睛、嘴好像是过分地集中在脸上很小的一块区域里。他戴一副墨晶眼镜，银丝小镜框，这两块黑色便成了他脸上最显著的特征。我常给他漫画，勾一个轮廓，中间点上两块椭圆形的黑块，便惟妙惟肖。他的身材高大，但是两肩总是耸得高高，鼻尖有一些红，像酒糟的，鼻孔里常常地藏着两筒清水鼻涕，不时地吸溜着，说一两句话就要用力地吸溜一声，有板有眼有节奏，也有时忘了吸溜，走了板眼，上唇上便亮晶晶地吊出两根玉箸，他用手背一抹。他常穿的是一件灰布长袍，好像是在给谁穿孝，袍子在整洁的阶段时我没有赶得上看见，余生也晚，我看见那袍子的时候即已油渍斑斓。他经常是仰着头，迈着八字步，两眼望青天，嘴撇得瓢儿似的。我很难得看见他笑，如果笑起来，是狞笑，样子更凶。

　　我的学校很特殊的。上午的课全是用英语讲授，下午的课全是国语讲授。上午的课很严，三日一问，五日一考，不用功便要被淘汰，下午的课稀松，成绩与毕业无关。所以每到下午上国文之类的课程，学生们便不踊跃，课堂上常是稀稀拉拉的不大上座，但教员用拿毛笔的姿势举着铅笔点名的时候，学生却个个都到了，因为一个学生不只答一声到。真到了的学生，一部分从事午睡，微发鼾声，一部分看小说如《官场现形记》《玉梨魂》之类，一部分写"父母亲大人膝下"式的家书，一部分干脆瞪着大眼发呆，神游八表，有时候逗先生开玩笑。国文先生呢，大部分都是年高有德的，不是榜眼，就是探花，再不就是举人。他们授课也不过是奉行故事，乐得敷敷衍衍。在这种糟糕的情形之下，徐老先生之所以凶，老是绷着脸，老是开口就骂人，我想大概是由于正当防卫吧。

有一天，先生大概是多喝了两盅，摇摇摆摆地进了课堂。这一堂是作文，他老先生拿起粉笔在黑板上写了两个字，题目尚未写完，当然照例要吸溜一下鼻涕，就在这吸溜之际，一位性急的同学发问了："这题目怎样讲呀？"老先生转过身来，冷笑两声，勃然大怒："题目还没有写完，写完了当然还要讲，没写完你为什么就要问？……"滔滔不绝地吼叫起来，大家都为之愕然。这时候我可按捺不住了。我一向是个上午捣乱下午安分的学生，我觉得现在受了无理的侮辱，我便挺身分辩了几句。这一下我可惹了祸，老先生把他的怒火都泼在我的头上了。他在讲台上来回踱着，吸溜一下鼻涕，骂我一句，足足骂了我一个钟头，其中警句甚多，我至今还记得这样的一句：

"×××！你是什么东西？我一眼把你望到底！"

这一句颇为同学们所传诵。谁和我有点争论遇到纠缠不清的时候，都会引用这一句"你是什么东西？我把你一眼望到底"。当时我看形势不妙，也就没有再多说，让下课铃结束了先生的怒骂。

但是从这一次起，徐先生算是认识我了。酒醒之后，他给我批改作文特别详尽。批改之不足，还特别地当面加以解释，我这一个"一眼望到底"的学生，居然成为一个受益最多的学生了。

徐先生自己选辑教材，有古文，有白话，油印分发给大家。《林琴南致蔡孑民书》是他讲得最为眉飞色舞的一篇。此外如吴敬恒的《上下古今谈》，梁启超的《欧游心影录》，以及张东荪的《时事新报》社论，他也选了不少。这样新旧兼收的教材，在当时还是很难得的开通的榜样。我对于国文的兴趣因此而提高了不少。徐先生讲图文之前，先要介绍作者，而且介绍得很亲切，例如他讲张东荪的文字时，便说："张东荪这个人，我倒和他一桌吃过饭……"这样的话是相当地可以使学生们吃惊的，吃惊的是，我们的国文先生也许不是一个平凡的人吧，否则怎样会能够和张东荪一桌上吃过饭！

徐先生于介绍作者之后，朗诵全文一遍。这一遍朗诵可很有意思。他打着江北的官腔，咬牙切齿地大声读一遍，不论是古文或白话，一字不苟地吟咏一番，好像是演员在背台词，他把文字里的蕴藏着的意义好像都给宣泄出来了。他念得有腔有调，有板有眼，有情感，有气势，有抑扬顿挫，我们听了之后，好像是已经理会到原文的意义的一半了。好文章掷地作金石声，那也许是过分夸张，但必须可以朗朗上口，那却是真的。

徐先生之最独到的地方是改作文。普通的批语"清通""尚可""气盛言宜"，他是不用的。他最擅长的是用大墨杠子大勾大抹，一行一行地抹，整页整页地勾。洋洋千余言的文章，经他勾抹之后，所余无几了。我初次经此打击，很灰心，很觉得气短，我掏心挖肝地好容易诌出来的句子，轻轻地被他几杠子就给抹了。但是他郑重地给我解释一会儿，他说："你拿了去细细地体味，你的原文是软趴趴的，冗长，懒啦咣唧的，我给你勾掉了一大半，你再读读看，原来的意思并没有失，但是笔笔都立起来了，虎虎有生气了。"我仔细一揣摩，果然。他的大墨杠子打得是地方，把虚泡囊肿的地方全削去了，剩下的全是筋骨。在这删削之间见出他的功夫。如果我以后写文章还能不多说废话，还能有一点点硬朗挺拔之气，还知道一点"割爱"的道理，就不能不归功于我这位老师的教诲。

徐先生教我许多作文的技巧。他告诉我："做文忌用过多的虚字。"该转的地方，硬转；该接的地方，硬接。文章便显着朴拙而有力。他告诉我，文章的起笔最难，要突兀矫健，要开门见山，要一针见血，才能引人入胜，不必兜圈子，不必说套语。他又告诉我，说理说至难解难分处，来一个譬喻，则一切纠缠不清的论难都迎刃而解了，何等经济，何等手腕！诸如此类的心得，他传授我不少，我至今受用。

我离开先生已将近五十年了，未曾与先生一通音讯，不知他云游何处，听说他已早归道山了。同学们偶尔还谈起"徐老虎"，我于回忆他的音容之余，不禁地还怀着怅惘敬慕之意。

怀念胡适先生

人品、才学都令人钦佩

　　胡先生长我十一岁，所以我从未说过"我的朋友胡适之"，我提起他的时候必称先生，晤面的时候亦必称先生。但并不完全是由于年龄的差异。

　　胡先生早年有一部《留学日记》，后来改名为《藏晖室日记》，内容很大一部分是他的读书札记，以及他的评论。小部分是他私人生活，以及友朋交游的记载。我读过他的日记之后，深感自愧弗如，我在他的那个年龄，还不知道读书的重要，而且思想也尚未成熟。如果我当年也写过一部留学日记，其内容的贫乏与幼稚是可以想见的。所以，以学识的丰俭，见解的深浅而论，胡先生不只是长我十一岁，可以说长我二十一岁、三十一岁，以至四十一岁。

　　胡先生有写日记的习惯。《留学日记》只是个开端，以后的日记更精彩。先生住在上海极斯菲尔路的时候，有一天我和徐志摩、罗努生去看他，胡太太说："适之现在有客，你们先到他书房去等一下。"志摩领头上楼进入他的书房。书房不大，是楼上亭子间，约三四坪（编者注：土地或者房屋面积单位，1坪约合3.3平方米，用于台湾地区，后同），容不下我们三个人坐，于是我们就站在他的书架前面东看看西看看。志摩大叫一声："快来看，我发现了胡大哥的日记！"书架的下层有一尺多高的一沓稿纸，新月的

099

稿纸。（这稿纸是胡先生自己定制的，一张十行，行二十五字，边宽格大，胡先生说这样的稿纸比较经济，写错了就撕掉也不可惜。后来这样的稿纸就在新月书店公开发售，有宣纸毛边两种。我认为很合用，直到如今我仍然使用仿制的这样的稿纸。）胡先生的日记是用毛笔写的，至少我看到的这一部分是毛笔写的，他写得相当工整，他从不写行草，总是一笔一捺地规规矩矩。最令我们惊异的是，除了私人记事之外，他每天剪贴报纸，包括各种新闻在内，因此篇幅多得惊人，兼具时事资料的汇集，这是他的日记一大特色，可说是空前的。酬酢宴席之中的座客一一列举，偶尔也有我们的名字在内，努生就笑着说："得附骥尾，亦可以不朽矣！"我们匆匆看了几页，胡先生已冲上楼来，他笑容满面地说："你们怎可偷看我的日记？"随后他严肃地告诉我们："我生平不置资产，这一部日记将是我留给我的儿子们唯一的遗赠，当然是要在若干年后才能发表。"

我自偷看了胡先生的日记以后，就常常记挂，不知何年何月这部日记才得面世。胡先生回台定居，我为了洽商重印《胡适文存》到南港去看他。我就问起这么多年日记是否仍在继续写。他说并未间断，只是未能继续使用毛笔，也没有稿纸可用，所以改用洋纸本了，同时内容亦不如从前之详尽，但是每年总有一本，现已积得一箱。胡先生原拟那一箱日记就留在美国，胡太太搬运行李时误把一箱日记也带来台湾。胡先生故后，胡先生的一些朋友曾有一次会谈，对于这一箱日记很感难于处理，听说后来又运到美国，详情我不知道。我现在只希望这一部日记能在妥人照料之中，将来在适当的时候全部影印出来，而没有任何窜改增删。

胡先生在学术方面有很大部分精力用在《水经注》的研究上。在北平时他曾经打开他的书橱，向我展示其中用硬纸夹夹着的稿子，凡数十夹，都是

《水经注》研究。他很得意地向我指指点点，这是赵一清的说法，这是全祖望的说法，最后是他自己的说法，说得头头是道。

我对《水经注》没有兴趣，更无研究，听了胡先生的话，觉得他真是用功读书肯用思想。我乘间向他提起："先生青年写《庐山游记》，考证一个和尚的墓碑，写了八千多字，登在《新月》上，还另印成一个小册，引起常燕生先生一篇批评，他说先生近于玩物丧志，如今这样地研究《水经注》，是否值得？"胡先生说："不然。我是提示一个治学的方法。前人著书立说，我们应该是者是之，非者非之，冤枉者为之辩诬，作伪者为之揭露。我花了这么多力气，如果能为后人指示一个做学问的方法，不算是白费。"胡先生引用佛书上常用的一句话"功不唐捐"，没有功夫是白费的。我私下里想，功夫固然不算白费，但是像胡先生这样一个人，用这么多功夫，做这样的工作，对于预期可能得到的效果，是否成比例，似不无疑问，不止我一个人有这样的想法。一九五九年十二月二十七日《中央日报》副刊登了一首康华先生的诗，题目是《南港，午夜不能成寐，有怀胡适之先生》，我抄在下面：

你静悄悄地躲在南港，

不知道这几天是何模样。

莫非还在东找西翻，

为了那个一百二十岁的和尚？

听说你最近有过去处，

又在埋头搞那《水经注》。

为何不踏上新的征途，

尽走偏僻的老路？

自然这一切却也难怪，

这是你的兴趣所在。

何况一字一句校勘出来，

其乐也甚于掘得一堆金块。

并且你也有很多的道理，

更可举出很多的事例。

总之何足惊奇！

这便是科学的方法和精神所寄。

不过这究竟是个太空时代，

人家已经射了一个司普尼克，

希望你领着我们赶上前来，

在这一方面做几个大胆的假设！

我午夜枕上思前想后，

牵挂着南港的气候。

当心西伯利亚和隔海的寒流，

会向着我们这边渗透！

一九五九年十二月十九日

这首诗的意思很好，写得也宛转敦厚，尤其是胡适之式的白话诗体，最能打动胡先生的心。他初不知此诗作者为谁，但是他后来想到康是健康的康，华是中华的华，他也就猜中了。他写了这样一封信给此诗作者（后亦刊于中副）：

××兄：

近来才知道老兄有"康华"的笔名，所以我特别写封短信，向你道谢赠诗的厚意。我原想做一首诗答"康华"先生，等诗成了，再写信；可惜我多年不做诗了，至今还没有写成，所以先写信道谢。诗若写成，一定先寄给老兄。

你的诗猜中了！在你做诗的前几天，我"还在东找西翻，为了那个一百二十岁的和尚"写了一篇《三勘虚云和尚年谱》的笔记，被陈汉光先生在台湾风物上发表了。原意是写给老兄转给"康华"诗人看的，现在只好把印本寄呈了。

老兄此诗写得很好，我第一天见了就剪下来粘在日记里，自记云："康华不知是谁？这诗很明白流畅，很可读。"

我在民国十八年（编者注：1929年）一月曾拟《中国科学社的社歌》，其中第三节的意思颇像大作的第三节。今将剪报一纸寄给老兄，请指正。

敬祝

新年百福

弟适上

一九六〇 一、四

附：

《尝试》集外诗：拟中国科学社的社歌

我们不崇拜自然，

他是个习钻古怪。

我们要捶他、煮他，

要使他听我们指派。

我们叫电气推车，

我们叫以太送信，——

把自然的秘密揭开，

好叫他来服侍我们人。

我们唱天行有常，

我们唱致知穷理。

不怕他真理无穷，

进一寸有一寸的欢喜。

　　胡先生的思想好像到了晚年就停滞不进。考证《虚云和尚年谱》，研究《水经注》，自有其价值，但不是我们所期望于胡先生的领导群众的大事业。于此我有一点解释。一个人在一生中有限的岁月里，能做的事究竟不多。真富有创造性或革命性的大事，除了领导者本身才学经验之外，还有时代环境的影响，交相激荡，乃能触机而发，震烁古今。少数人登高一呼，多数人闻风景从。胡先生领导白话文运动，倡导思想自由，弘扬人权思想，均应作如是观。所以我们对于一个曾居于领导地位的人不可期望过奢。胡先生常说"但开风气不为师"。开风气的事，一生能做几次？

　　胡先生的人品，比他的才学，更令人钦佩。前总统蒋先生在南港胡墓横题四个大字"德学俱隆"是十分恰当的。

　　胡先生名满天下，但是他实在并不好名。有一年胡先生和马君武、丁在君、罗努生做桂林之游，所至之处，辄为人包围。胡先生说："他们是来看猴子！"胡先生说他实在是为名所累。

胡先生的婚姻常是许多人谈论的题目，其实这是他的私事，不干他人。他结婚的经过，在他《四十自述》里已经说得明白。他重视母命，这是伟大的孝道，他重视一个女子的毕生幸福，这是伟大的仁心。幸福的婚姻，条件很多，而且有时候不是外人所能充分理解的。没有人的婚姻是没有瑕疵的，夫妻胖合，相与容忍，这婚姻便可维持于长久。"五四"以来，社会上有很多知名之士，视糟糠如敝屣，而胡先生没有走上这条路。我们敬佩他的为人，至于许许多多琐琐碎碎的捕风捉影之谈，我们不敢轻信。

大凡真有才学的人，对于高官厚禄可以无动于衷，而对于后起才俊则无不奖爱有加。梁任公先生如此，胡先生亦如此。他住在米粮库的那段期间，每逢星期日"家庭开放"，来者不拒，经常是高朋满座，包括许多慕名而来的后生。这表示他不仅好客，而且于旧雨今雨之外还隐隐然要接纳一般后起之秀。有人喜欢写长篇大论的信给他，向他请益，果有一长可取，他必认真作答，所以现在有很多人藏有他的书札。他借频繁的通信认识了一些年轻人。

大约二十年前，由台湾到美国去留学进修是相当困难的事，至少在签证的时候两千美元存款的保证就很难筹措。胡先生有一笔款，前后贷给一些青年助其出国，言明希望日后归还，以便继续供应他人。有人问他为什么要这样做，他说："这是获利最多的一种投资。你想，以有限的一点点的钱，帮个小忙，把一位有前途的青年送到国外进修，一旦所学有成，其贡献无法计量，岂不是最划得来的投资？"他这样做，没有一点私心，我且举一例。师范大学有一位理工方面的助教，学业成绩异常优秀，得到了美国某大学的全份奖学金，就是欠缺签证保证，无法成行。理学院长陈可忠先生、校长刘白如先生对我谈起，我就建议由我们三个联名求助于胡先生。就凭我们这一封信，胡先生慨然允诺，他回信说：

可忠　白如　实秋　三兄：

示悉。×××君事，理应帮忙，今寄上 Cashier's check 一张，可交 ×××君保存。签证时此款即可生效。将来他到了学校，可将此款由当地银行取出，存入他自己名下，便中用他自己的支票寄还我。

匆匆敬祝

大安

弟适之

一九五五　六、十五

像这样近于仗义疏财的事他做了多少次，我不知道。我相信，受过他这样提携的人会永久感念他的恩德。

胡先生喜欢谈谈政治，但是无意仕进。他最多不过提倡人权，为困苦的平民抱不平。他讲人权的时候，许多人还讥笑他，说他是十八世纪的思想，说他讲的是崇拜天赋人权的陈腐思想。人权的想法是和各种形式的独裁政治格格不入的。在这一点上，胡先生的思想没有落伍，依然是站在时代的前端。他不反对学者从政，他认为好人不出来从政，政治如何能够清明？所以他的一些朋友走入政界，他还鼓励他们，只是他自己不肯踏上仕途。行宪开始之前，蒋先生推荐他做第一任的总统，他都不肯做。他自己知道他不是做政治家的材料。我记得有些人士想推他领导一个政治运动，他谦逊不遑地说："我不能做实际政治活动。我告诉你，我从小是生长于妇人之手。"这句话是什么意思？生长于妇人之手，是否暗示养成"妇人之仁"的态度？是否指自己胆小，不够心狠手辣？当时看他说话的态度十分严肃，大家没好追问下去。

抗战军兴，国家民族到了最后关头，他奉派为驻美大使。他接受了这个使命。政府有知人之明，他有临危受命的勇气。没有人比他更适合于这个工作，而在他是不得已而为之。数年任内，仆仆风尘，做了几百次讲演，心力交瘁。大使有一笔特支费，是不需报销的。胡先生从未动用过一文，原封缴还国库，他说："旅行演讲有出差交通费可领，站在台上说话不需要钱，特支何为？"像他这样廉洁，并不多觐，以我所知，罗文于先生做外交部部长便是一个不要特支费的官员。此种事鲜为外人所知，即使有人传述，亦很少有人表示充分的敬意，太可怪了。

我认识胡先生很晚，亲炙之日不多，顶多不过十年，而且交往不密，连师友之间的关系都说不上，所以我没有资格传述先生盛德于万一。不过在我的生活回忆之中也有几件有关系的事值得一提。

一桩事是关于莎士比亚的翻译。我从未想过翻译莎士比亚，觉得那是非常艰巨的事，应该让有能力的人去做。我在清华读书的时候，读过《哈姆雷特》《朱利阿斯·西撒》等几个戏，巢堃林教授教我们读魁勒·考赤的《莎士比亚历史剧本事》，在美国读书的时候上过哈佛的吉退之教授的课，他教我们读了《麦克白》与《亨利四世上篇》，同时看过几部莎氏剧的上演。我对莎士比亚的认识仅此而已。翻译四十本莎氏全集是想都不敢想的事。民国十九年（编者注：1930年）底，胡先生开始任事于中华教育文化基金董事会（即美国庚款委员会）的翻译委员会，他一向热心于翻译事业，现在有了基金会支持，他就想规模地进行。约五年之内出版了不少作品，包括关琪桐先生译的好几本哲学书，如培根的《新工具》等，罗念先生译的希腊戏剧数种，张谷若先生译的哈代小说数种，陈绵先生译的法国戏剧数种，还有我译的莎士比亚数种。如果不是日寇发动侵略，这个有计划而且认真的翻译工作会顺利展开，可惜抗战一起，这个工作暂时由张子高先生负责了一个简略时期之后便停止了。

胡先生领导莎士比亚翻译工作的经过，我毋庸细说，我在这里公开胡先生的几封信，可以窥见胡先生当初如何热心发动这个工作。原拟五个人担任翻译，闻一多、徐志摩、叶公超、陈西滢和我，期以五年十年完成，经费暂定为五万元。我立刻就动手翻译，拟一年交稿两部。没想到另外四位始终没有动手，于是这工作就落在我一个人头上了。在抗战开始时我完成了八部，四部悲剧四部喜剧，抗战期间又完成了一部历史剧，以后拖拖拉拉三十年终于全集译成。胡先生不是不关心我的翻译，他曾说在全集译成之时他要举行一个盛大酒会，可惜全集译成开了酒会之时他已逝世了。有一次他从台北乘飞机到美国去开会，临行前他准备带几本书在飞行中阅读。那时候我译的《亨利四世下篇》刚好由明华书局出版不久，他就选了这本书作为他的空中读物的一部分。他说："我要看看你的译本能不能令我一口气读下去。"胡先生是最讲究文字清楚明白的，我的译文是否够清楚明白，我不敢说，因为莎士比亚的文字有时候也够艰涩的。以后我没得机会就这件事向胡先生请教。

领导我、鼓励我、支持我，使我能于断断续续三十年间完成莎士比亚全集的翻译者，有三个人：胡先生、我的父亲、我的妻子。

另一桩事是胡先生于民国二十三年（编者注：1934年）约我到北京大学去担任研究教授兼外文系主任。北大除了教授名义之外，还有所谓名誉教授与研究教授的名义，名誉教授是对某些资深教授的礼遇，固无论矣，所谓研究教授则是胡先生的创意，他想借基金会资助吸收一些比较年轻的人到北大，作为生力军，新血轮，待遇比一般教授高出四分之一，授课时数亦相当减少。原有的教授之中也有一些被聘为研究教授的。我在青岛教书，已有四年，原无意他往，青岛山明水秀，民风淳朴，是最宜于长久居住的地方。承胡先生不弃，邀我去北大，同时我的父母也不愿我久在外地，希望我回北平住在一起。离青岛去北平，弃小家庭就大家庭，在我是一个很重大的决定，然而我毕竟去了。只是胡先生对我的期望过高，短期间内能否不负所望实在没有把握。我现在披露胡先生的几封信札，我的用意在说明胡先生主北大文学院时的一番抱负。胡先生的做法不是没有受到讥诮，我记得那一年共阅入学试卷的时候，就有一位年龄与我相若的先生故意地当众高声说："我这个教授是既不名誉亦不研究！"大有愤愤不平之意。

胡先生，和其他的伟大人物一样，平易近人。"温而厉"是最好的形容。我从未见过他大发雷霆或是盛气凌人，他对待年轻人、属下、仆人，永远是一副笑容可掬的样子。就是遭遇到挫折侮辱的时候，他也不失其常。"其心休休然，其如有容。"

一九六〇年七月美国华盛顿大学得福德基金会之资助在西雅图召开中美学术合作会议，中国方面出席的人除胡先生外还有钱思亮、毛子水、徐道邻、李先闻、彭明敏和我以及其他几个人。最后一次集会之后，胡先生私下里掏出一张影印的信件给我看。信是英文（中国式的英文）写的，由七八个人署名，包括立法委员、大学教授、专科校长，是写给华盛顿大学校长欧第嘉德的，内容大致说胡适等人非经学术团体推选，亦未经合法委派，不足以代表我国，而且胡适思想与我国传统文化大相刺谬，更不足以言我国文化云云。我问胡先生如何应付，他说："给你看看，不要理他。"我觉得最有讽刺性的一件事是，胡先生在台北起行前之预备会中，经公推发表一篇开幕演讲词，胡先生谦逊不遑，他说不知说什么好，请大家提供意见，大家默然。我当时想起胡先生平素常说他自己不知是专攻哪一门，勉强地说可以算是研究历史的。于是我就建议胡先生就中国文化传统做一概述，再阐说其未来。胡先生居然首肯。在正式会议上发表一篇极为精彩的演说。原文是英文，但是一九六〇年七月二十一日在《中央日报》有中文翻译，连载三天。题目就是《中国之传统与将来》。译文是胡先生的手笔，抑是由别人翻译，我不知道。此文在教育资料馆《教育文摘》第五卷第七八号《东西文化交流》专辑又转载过一次。恐怕看过的人未必很多。此文也可以说是胡先生晚年自撰全部思想的一篇概述。他对中国文化传统有客观的叙述，对中国文化之未来有乐观的展望。无论如何，不能说胡先生是中国传统的叛徒。

在上海的时候，胡先生编了一本《宋人评话》，亚东出版，好像是六种，其中一种述说海陵王荒淫无道，当然涉及猥亵的描写，不知怎样的就被巡捕房没收了。胡先生很不服气，认为评话是我国小说史中很重要的一环，历代重要典藏均有著录，而且文学作品涉及性的叙说也是寻常事，中外皆然，不足为病。因而他去请教律师郑天锡先生，郑先生说："没收是不合法的，如果刊行此书犯法，先要追究犯法的人，处以应得之罪，然后才能没收书刊，没收是附带的处分。不过你若是控告巡捕房，恐怕是不得直的。"于是胡先生也就没有抗辩。

有一天我们在胡先生家里聚餐，徐志摩像一阵旋风似的冲了进来，抱着一本精装的厚厚的大书。是德文的色情书，图文并茂。大家争着看，胡先生说："这种东西，包括改七芗仇十洲的画在内，都一览无遗，不够趣味。我看过一张画，不记得是谁的手笔，一张床，垂下了芙蓉帐，地上一双男鞋，一双红绣鞋，床前一只猫蹲着抬头看帐钩。还算有一点含蓄。"大家听了为之粲然。我提起这桩小事，说明胡先生尽管是圣人，也有他的轻松活泼的一面。

酒中八仙——记青岛旧游

放浪形骸之乐

　　杜工部早年写过一首《饮中八仙歌》，章法参差错落，气势奇伟绝伦，是一首难得的好诗。他所谓的饮中八仙，是指他记忆所及的八位善饮之士，不包括工部本人在内，而且这八位酒仙并不属于同一辈分，不可能曾在一起聚饮。所以工部此诗只是就八个人的醉趣分别加以简单描述。我现在所要写的酒中八仙是民国十九年到二十三年（编者注：1930—1934年）间我的一些朋友，在青岛大学共事的时候，在一起宴饮作乐，酒酣耳热，一时忘形，乃比附前贤，戏以八仙自况。青岛是一个好地方，背山面海，冬暖夏凉，有整洁宽敞的市容，有东亚最佳的浴场，最宜于家居。唯一的缺憾是缺少文化背景，情调稍嫌枯寂。故每逢周末，辄聚饮于酒楼，得放浪形骸之乐。

　　我们聚饮的地点，一个是山东馆子顺兴楼，一个是河南馆子厚德福。顺兴楼是本地老馆子，属于烟台一派，手艺不错，最拿手的几样菜如爆双脆、锅烧鸡、余西施舌、酱汁鱼、烩鸡皮、拌鸭掌、黄鱼水饺……都很精美。山东馆子的跑堂一团和气，应对之间不失分际，对待我们常客自然格外周到。厚德福是新开的，只因北平厚德福饭庄老掌柜陈莲堂先生听我说起青岛市面不错，才派了他的长子陈景裕和他的高徒梁西臣到青岛来开分号。我记得我们出去勘察市面，顺便在顺兴楼午餐，伙计看到我引来两位生客，一身油泥，面带浓厚的生意人的气息，心里就已起疑。梁西臣点菜，不假思索一口气点了四菜一汤、炒辣子鸡（去骨）、炸肫（去里儿）、清炒虾仁……伙计登时感到来了行家，立即请掌柜上楼应酬，恭恭敬敬地问："请问二位宝号是哪里？"我们乃以实告。此后这两家饭馆被公认为是当地巨擘，不分瑜亮。厚德福自有一套拿手，例如清炒或黄焖鳝鱼、瓦块鱼、鱿鱼卷、琵琶燕菜、铁锅蛋、核桃腰、红烧猴头……都是独门手艺，而新学的焖炉烤鸭也是别有风味的。

我们轮流在这两处聚饮，最注意的是酒的品质。每夕以罄一坛为度。两个工人抬三十斤花雕一坛到二、三楼上，当面启封试尝，微酸尚无大碍，最忌的是带有甜意，有时要换两三坛才得中意。酒坛就放在桌前，我们自行舀取，以为那才尽兴。我们喜欢用酒碗，大大的、浅浅的，一口一大碗，痛快淋漓。对于菜肴我们不大挑剔，通常是一桌整席，但是我们也偶尔别出心裁，例如：普通以四个双拼冷盘开始，我有一次做主换成二十四个小盘，把圆桌面摆得满满的，要精致，要美观。有时候，尤其是在夏天，四拼盘换为一大盘，把大乌参切成细丝放在冰箱里冷藏，上桌时浇上芝麻酱三合油和大量的蒜泥，是一个很受欢迎的冷荤，比拌粉皮高明多了。吃铁锅蛋时，赵太侔建议外加一元钱的美国干酪（cheese），切成碎末打搅在内，果然气味浓郁不同寻常，从此成为定例。酒酣饭饱之后，常是一大碗酸辣鱼汤，此物最能醒酒，好像宋江在浔阳楼上酒醉题反诗时想要喝的就是这一味汤了。

酒从六时喝起，一桌十二人左右，喝到八时，不大能喝酒的约三五位就先起身告辞，剩下的八九位则是兴致正豪，开始宽衣攘臂，猜拳行酒。不做抟战，三十斤酒不易喝光。在大庭广众的公共场所，扯着破锣嗓子"鸡猫子喊叫"实在不雅。别个房间的客人都是这样放肆，入境只好随俗。

这一群酒徒的成员并不固定，四年之中也有变化，最初是闻一多环顾座上共有八人，一时灵感，遂曰："我们是酒中八仙！"这八个人是，杨振声、赵畸、闻一多、陈命凡、黄际遇、刘康甫、方令孺，和区区我。既称为仙，应有仙趣，我们只是沉湎曲乐的凡人，既无仙风道骨，也不会白日飞升，不过大都端起酒杯举重若轻，三斤多酒下肚尚能不及于乱而已。其中大多数如今皆已仙去，大概只有我未随仙去落人间。往日宴游之乐不可不记。

杨振声字金甫，后嫌金字不雅，改为今甫，山东蓬莱人，比我大十岁的样子。五四初期，写过一篇中篇小说《玉君》，清丽脱俗，惜从此搁笔，不再有所著作。他是北大国文系毕业，算是蔡孑民先生的学生。青岛大学筹备期间，以蔡先生为筹备主任，实则今甫独任艰巨。蔡先生曾在大学图书馆侧一小楼上借眷住过一阵，为消暑之计。国立青岛大学的门口的竖匾，就是蔡先生的亲笔。胡适之先生看见了这个匾对我们说，他曾问过蔡先生："凭先生这一笔字，瘦骨嶙峋，在那个时代殿试大卷讲究黑大圆光，先生如何竟能点了翰林？"蔡先生从容答道："也许那几年正时兴黄山谷的字吧。"今甫做了青岛大学校长，得到蔡先生写匾，是很得意的一件事。今甫身材修伟，不愧为山东大汉，而言谈举止蕴藉风流，居恒一袭长衫，手携竹杖，意态萧然。鉴赏字画，清谈娓娓。但是一杯在手则意气风发，尤嗜拇战，入席之后往往率先打通关一道，音容并茂，咄咄逼人。赵瓯北有句："骚坛盟敢操牛耳，拇阵轰如战虎牢。"今甫差足以当之。

赵畸，字太侔，也是山东人，长我十二岁，和今甫是同学。平生最大特点是寡言笑。他可以和客相对很久很久一言不发，使人莫测高深。我初次晤见他是在美国波士顿，时民国十三年（编者注：1924年）夏，我们一群中国学生排演《琵琶记》，他应邀从纽约赶来助阵。他未来之前，闻一多先即

114

有函来，说明太侔之为人，犹金人之三缄其口，幸无误会。一见之后，他果然是无多言。预演之夕，只见他攘臂挽袖，运斤拉锯制作布景，不发一语。莲池大师云："世间醹醶醐醴，藏之弥久而弥美者，皆繇封锢牢密不泄气故。"太侔就是才华内蕴而封锢牢密。人不开口说话，佛亦奈何他不得。他有相当酒量，也能一口一大盅，但是他从不参加拇战。他写得一笔行书，绵密有致。据一多告我，太侔本是一个衷肠激烈的人，年轻的时候曾经参加革命，掷过炸弹，以后竟变得韬光养晦沉默寡言了。我曾以此事相询，他只是笑而不答。他有妻室儿子，他家住在北平宣外北椿树胡同，他秘不告人，也从不回家，他甚至原籍亦不肯宣布。庄子曰："畸人者，畸于人而侔于天。"疏曰："畸者，不耦之名也，修行无有，而疏外形体，乖异人伦，不耦于俗。"怪不得他名畸字太侔。

闻一多，本名多，以字行，湖北蕲水人，是我清华同学，高我两级。他和我一起来到青岛，先赁居大学斜对面一座楼房的下层，继而搬到汇泉海边一座小屋，后来把妻小送回原籍，住进教职员第八宿舍，两年之内三迁。他本来习画，在芝加哥做素描一年，在科罗拉习油画一年，他得到一个结论：中国人在油画方面很难和西人争一日之长短，因为文化背景不同。他放弃了绘画，专心致力于我国古典文学之研究，至于废寝忘食，埋首于故纸堆中。这期间他有一段恋情，因此写了一篇相当长的白话诗，那一段情没有成熟，无可奈何地结束了，而他从此也就不再写诗。他比较器重的青年，一个是他国文系的学生臧克家，一个是他国文系助教陈梦家。这两位都写新诗，都得到一多的鼓励。一多的生活苦闷，于是也就爱上了酒。他酒量不大，而兴致高。常对人吟叹："名士不必须奇才，但使常得无事，痛饮酒，熟读《离骚》，便可称名士。"他一日薄醉，冷风一吹，昏倒在尿池旁。

陈命凡，字季超，山东人，任秘书长，精明强干，为今甫左右手。豁起拳来，出手奇快，而且嗓音响亮，往往先声夺人，常自诩为山东老拳。关于拇战，虽小道亦有可观。民国十五年（编者注：1926年），我在国立东南大学教书，同事中之酒友不少，与罗清生、李辉光往来较多，罗清生最精于猜拳，其术颇为简单，唯运用纯熟则非易事。据告其诀窍在于知己知彼。默察对方惯有之路数，例如一之后常为二、二之后常为三，余类推。同时变化自己之路数，不使对方捉摸。经此指点，我大有领悟。我与季超拇战常为席间高潮，大致旗鼓相当，也许我略逊一筹。

刘本钊，字康甫，山东蓬莱人，任会计主任，小心谨慎，恂恂君子。患严重耳聋，但亦嗜杯中物。因为耳聋关系，不易控制声音大小，拇战之时呼声特高，而对方呼声，他不甚了了，只消示意令饮，他即听命倾杯。一九四九年来台，曾得一晤，彼时耳聋益剧，非笔谈不可，据他相告，他曾约太侔和刘次萧（大学训导长）一同搭船逃离青岛，不料他们二人未及登船即遭逮捕，事后获悉二人均遭枪决，太侔至终未吐一语。我写下这样几个字："难道李云鹤（即江青）受他多年资助，未加援手耶？"只听康甫长叹一声，摇摇头，振笔疾书四个大字："恩将仇报"。我们相对无言，唯有太息。此后我们未再见面，不久听说他抑郁以终。

方令孺是八仙中唯一女性，安徽桐城人，在国文系执教兼任女生管理。她有咏雪才，惜遇人不淑，一直过着独身生活。台湾洪范书店曾搜集她的散文作品编为一集出版，我写了一篇短序。在青岛她居留不太久，好像是两年之后就离去了。后来我们在北碚异地重逢，比较往还多些。她一向是一袭黑色旗袍，极少的时候薄施脂粉，给人一派冲淡朴素的印象。在青岛的期间，她参加我们轰饮的行列，但是从不纵酒，刚要"朱颜酡些"的时候就停杯了。数十年来我没有她的消息，只是在一九六四年七月七日《联合报·幕前冷语》里看到这样一段简讯：

> 方令孺皤然白发，早不执教复旦，在那血气方刚的红色路上漫步，现任浙江作者协会主席，忙于文学艺术的联系工作。
>
> 老来多梦，梦里河山是她私人嗜好的最高发展，跑到砚台山中找好砚去了，因此梦中得句，写在第二天的默忆中："诗思满江国，涛声夜色寒，何当沽美酒，共醉砚台山。"

这几句话写得迷离惝恍，不知砚台山寻砚到底是真是幻。不过诗中有"何当沽美酒"之语，大概她还未忘情当年酒仙的往事吧？如今若是健在，应该是八十以上的人了。

黄际遇，字任初，广东澄海人，长我十七八岁，是我们当中年龄最大的一位。他做过韩复榘主豫时的教育厅长，有宦场经验，但仍不脱名士风范。他永远是一件布衣长袍，左胸前缝有细长的两个布袋，正好插进两根铅笔。他是学数学的，任理学院长，闻一多离去之后兼文学院长。嗜象棋，曾与国内高手过招，有笔记簿一本置案头，每次与人棋后辄详记全盘招数，而且能偶然不用棋盘棋子，凭口说进行棋赛。又治小学，博闻多识。他住在第八宿舍，有潮汕厨师一名，为治炊膳，烹调甚精。有一次约一多和我前去小酌，有菜二色给我印象甚深，一是白水氽大虾，去皮留尾，氽出来虾肉白似雪，虾尾红如丹；一是清炖牛鞭，则我未愿尝试。任初每日必饮，宴会时拇战兴致最豪，嗓音尖锐而常出怪声，狂态可掬。我们饮后通常是三五辈在任初领导之下去做余兴。任初在澄海是缙绅大户，门前横匾大书"硕士第"三字，雄视乡里。潮汕巨商颇有几家在青岛设有店铺，经营山东土产运销，皆对任初格外敬礼。我们一行带着不同程度的酒意，浩浩荡荡地于深更半夜去敲店门，惊醒了睡在柜台上的伙计们，赤身裸体地从被窝里钻出来（北方人虽严冬亦赤身睡觉）。我们一行一溜烟地进入后厅。主人热诚招待，有娈婉小童伺候茶水兼代烧烟。先是以工夫茶飨客，红泥小火炉，炭火煮水沸，浇灌茶具，以小盅奉茶，三巡始罢。然后主人肃客登榻，一灯如豆，有兴趣者可以短笛无腔信口吹，亦可突突突突有板有眼。俄而酒意已消，乃称谢而去。任初有一次回乡过年，带回潮州蜜柑一篓，我分得六枚，皮薄而松，肉甜而香，生平食柑，其美无过于此者。抗战时任初避地赴桂，胜利还乡，乘舟沿西江而下，一夕在船上如厕，不慎滑落江中，月黑风高，水深流急，遂遭没顶。

酒中八仙之事略如上述。民国二十一年（编者注：1932年）青岛大学人事上有了变化。为了"九一八"事件全国学生罢课纷纷赴南京请愿要求对日作战，一批一批的学生占据火车南下，给政府造成了困扰。爱国的表示逐渐变质，演化成为无知的盲动，别有用心的人推波助澜，冷静的人均不谓然。请愿成了风尚，青岛大学的学生当然亦不后人，学校当局阻止无效。事后开除为首的学生若干，遂激起学生驱逐校长的风潮。今甫去职，太侔继任。一多去了清华。决定开除学生的时候，一多慷慨陈词，声称是"挥泪斩马谡"。此后二年，校中虽然平安无事，宴饮之风为之少杀。偶然一聚的时候有新的分子参加，如赵铭新、赵少侯、邓初等。我在青岛的旧友不止此数，多与饮宴无关，故不及。

胸襟高超，感觉敏锐，性情细腻

顾一樵先生来，告诉我冰心和老舍先后去世。我将信将疑。冰心今年六十九岁，已近古稀，在如今那样的环境里传出死讯，无可惊异。读《清华学报》新七卷第一期（一九六八年八月刊），施友忠先生有《中共文学中之讽刺作品》一文，里面提到冰心，但是没有说她已经去世。最近谢冰莹先生在《作品》第二期（一九六八年十一月）里有《哀冰心》一文，则明言"冰心和她的丈夫吴文藻双双服毒自杀了"。看样子，她是真死了。她在日本的时候写信给赵清阁女士说："将来必有一天我死了都没有人哭。"似是一语成谶！可是"双双服毒"，此情此景，能不令远方的人一洒同情之泪？

初识冰心的人都觉得她不是一个令人容易亲近的人，冷冷的好像要拒人于千里之外。她的《繁星》《春水》发表在《晨报副刊》的时候，风靡一时，我的朋友中如时昭瀛先生便是最为倾倒的一个。他逐日剪报，后来精裱成一长卷，在美国和冰心相遇的时候恭恭敬敬地献给了她。我在《创造周报》第十二期（民国十二年七月廿九日，即一九二三年七月廿九日）写过一篇《〈繁星〉与〈春水〉》，我的批评是很保守的，我觉得那些小诗里理智多于情感，作者不是一个热情奔放的诗人，只是泰戈尔小诗影响下的一个冷隽的说理者。就在这篇批评发表后不久，于赴美途中在"杰克孙总统号"的甲板上不期而遇。经许地山先生介绍，寒暄一阵之后，我问她："您到美国修习什么？"她说："文学。"她问我："您修习什么？"我说："文学批评。"话就谈不下去了。

在海船上摇晃了十几天，许地山、顾一樵、冰心和我都不晕船，我们兴致勃勃地办了一份文学性质的壁报，张贴在客舱入口处，后来我们选了十四篇送给《小说月报》，发表在第十一期（民国十二年十一月十日，即一九二三年十一月十日），作为一个专辑，就用原来壁报的名称《海啸》。其中有冰心的诗三首：《乡愁》《惆怅》《纸船》。

民国十三年（编者注：1924年）秋我到了哈佛，冰心在威尔斯莱女子学院，同属于波士顿地区，相距约一个多小时火车的路程。遇有假期，我们几个朋友常去访问冰心，邀她泛舟于慰冰湖。冰心也常乘星期日之暇到波士顿来做杏花楼的座上客。我逐渐觉得她不是恃才傲物的人，不过对人有几分矜持，至于她的胸襟之高超，感觉之敏锐，性情之细腻，均非一般人所可企及。

民国十四年（编者注：1925年）三月二十八日，波士顿一带的中国学生在"美国剧院"公演《琵琶记》，剧本是顾一樵改写的，由我译成英文。我饰蔡中郎，冰心饰宰相之女，谢文秋女士饰赵五娘。逢场作戏，不免谑浪。后谢文秋与同学朱世明先生订婚，冰心就调侃我说："朱门一入深似海，从此秋郎是路人。""秋郎"二字来历在此。

冰心喜欢海，她父亲是海军中人，她从小曾在烟台随侍过一段期间，所以和浩瀚的海洋结下不解缘，不过在她的作品里嗅不出梅思斐尔的"海洋热"。她憧憬的不是骇浪滔天的海水，不是浪迹天涯的海员生涯，而是在海滨沙滩上拾贝壳，在静静的海上看冰轮乍涌。我民国十九年（编者注：1930年）到青岛，一住四年，几乎天天与海为邻，几次三番地写信给她，从没有忘记提到海，告诉她我怎样陪同太太带着孩子到海边捉螃蟹，掘沙土，捡水母，听灯塔呜呜叫，看海船冒烟在天边逝去，我的意思是逗她到青岛来。她也很想来过一个暑季，她来信说："我们打算住两个月，而且因为我不能起来的缘故，最好是海涛近接于几席之下。文藻想和你们逛山散步，泅水，我则可以倚枕倾聆你们的言论。……我近来好多了，医生许我坐火车，大概总是有进步。"但是她终于不果来，倒是文藻因赴邹平开会之便到舍下盘桓了三五天。

冰心健康情形一向不好，说话的声音不能大，甚至是有上气无下气的。她一到了美国不久就呕血，那著名的《寄小读者》大部分是在医院床上写的。以后她一直时发时愈，缠绵病榻。有人以为她患肺病，那是不确的。她给赵清阁的信上说："肺病绝不可能。"给我的信早就说得更明白："为慎重起见，遵协和医嘱重行检验一次，X光线，取血，闹了一天，据说我的肺倒没毛病，是血管太脆。"她呕血是周期性的，有时事前可以预知，她多么想看青岛的海，但是不能来，只好叹息："我无有言说，天实为之！"她的病严重地影响了她的创作生涯，甚至比照管家庭更妨碍她的写作，实在是太可惋惜的事。抗战时她先是在昆明，我写信给她，为了一句戏言，她回信说："你问我除生病之外，所做何事。像我这样不事生产，当然使知友不满之意溢于言外。其实我到呈贡之后，只病过一次，日常生活都在跑山望水，柴米油盐，看孩子中度过……"在抗战期中做一个尽职的主妇真是谈何容易，冰心以病躯肩此重任，是很难为她了。她后来迁至四川的歌乐山居住，我去看她，她一定要我试一试他们睡的那一张弹簧床。我躺上去一试，真软，像棉花团，文藻告诉我他们从北平出来什么也没带，就带了这一张庞大笨重的床，从北平搬到昆明，从昆明搬到歌乐山，没有这样的床她睡不着觉！

歌乐山在重庆附近算是风景很优美的一个地方。冰心的居处在一个小小的山头上，房子也可以说是洋房，不过墙是土砌的，窗户很小很少，里面黑黝黝的，而且很潮湿。倒是门外有几十棵不大不小的松树，秋声萧瑟，瘦影参差，还值得令人留恋。一般人以为冰心养尊处优，以我所知，她在抗战期间并不宽裕。歌乐山的寓处也是借住的。

抗战胜利后，文藻任职我国驻日军事代表团，这一段时间才是她一生享受最多的，日本的园林之胜是她所最为爱好的，日常的生活起居也由当地政府照料得无微不至。下面是她到东京后两年写给我的一封信：

实秋：

九月廿六信收到。昭涵到东京，待了五天，我托他把那部日本版杜诗带回给你（我买来已有一年了），到临走时他也忘了，再寻便人罢。你要吴清源和本因坊的棋谱，我已托人收集，当陆续奉寄。清阁在北平（此信给她看看），你们又可以热闹一下。我们这里倒是很热闹，甘地所最恨的鸡尾酒会，这里常有！也累，也最不累，因为你可以完全不用脑筋说话，但这里也常会从万人如海之中飘闪出一两个"惊才绝艳"，因为过往的太多了，各国的全有，淘金似的，会浮上点金沙。除此之外，大多数是职业外交人员，职业军人，浮嚣的新闻记者，言语无味，面目可憎。在东京两年，倒是一种经验，在生命中算是很有趣的一段。文藻照应忙，孩子们照应，身体倒都不错，我也好。宗生不常到你处罢？他说高三功课忙得很，明年他想考清华，谁知道明年又怎么样？北平人心如何？看报仿佛不大好。东京下了一场秋雨，冷得美国人都披上皮大衣，今天又放了晴，天空蓝得像北平，真是想家得很！你们吃炒栗子没有？

　　请嫂夫人安

冰心

十、十二

　　一九四九年六月我来到台湾，接到冰心、文藻的信，信中说他们很高兴听到我来台的消息，但是一再叮咛要我立刻办理手续前往日本。风雨飘摇之际，这份友情当然可感，但是我没有去。此后就消息断绝。不知究竟是什么原因，他们回到了大陆，从此悲剧就注定了。"无有言说，天实为之！"

　　附录：

冰心致作者的信之一

实秋：

　　前得来书，一切满意，为慎重起见，遵医（协和）嘱重行检查一次，X光线，取血，闹了一天，据说我的肺倒没毛病，是血管太脆。现在仍须静养，年底才能渐渐照常，长途火车，绝对禁止，于是又是一次幻象之消灭！

　　我无有言说，天实为之！我只有感谢你为我们费心，同时也美慕你能自由地享受海之伟大，这原来不是容易的事！

文藻请安

冰心拜上

六月廿五

冰心致作者的信之二

实秋：

你的信，是我们许多年来，从朋友方面所未得到的，真挚痛快的好信！看完了予我们以若干的欢喜。志摩死了，利用聪明，在一场不入道不光明的行为之下，仍得到社会一班人的欢迎的人，得到一个归宿了！我仍是这么一句话，上天生一个天才，真是万难，而聪明人自己的糟蹋，看了使我心痛。志摩的诗，魄力甚好，而情调则处处趋向一个毁灭的结局。看他《自剖》里的散文、《飞》等，仿佛就是他将死未绝时的情感，诗中尤其看得出，我不是信预兆，是说他十年来心理的酝酿，与无形中心灵的绝望与寂寥，所形成的必然的结果！人死了什么话都太晚，他生前我对着他没有说过一句好话，最后一句话，他对我说的："我的心肝五脏都坏了，要到你那里圣洁的地方去忏悔！"我没说什么，我和他从来就不是朋友，如今倒怜惜他了，他真辜负了他的一股子劲！

谈到女人，究竟是"女人误他？""他误女人？"也很难说。志摩是蝴蝶，而不是蜜蜂，女人的好处就得不着，女人的坏处就使他牺牲了。

——到这里，我打住不说了！

我近来常常恨我自己，我真应当常写作，假如你喜欢《我劝你》那种的诗，我还能写他一二十首。无端我近来又教了书，天天看不完的卷子，使我头痛心烦。是我自己不好，只因我有种种责任，不得不要有一定的进款来应用，过年我也许不干或少教点，整个地来奔向我的使命和前途。

我们很愿意见见你，朋友们真太疏远了！年假能来么？我们约了努生，也约了昭涵，为国家你们也应当聚聚首了，我若百无一长，至少能为你们煮咖啡！小孩子可爱得很，红红的颊，蜷曲的浓发，力气很大，现在就在我旁边玩，他长得像文藻，脾气像我，也急，却爱笑，一点也不怕生。

请太太安

冰心

十一、廿五

冰心致作者的信之三

实秋：

山上梨花都开过了，想雅舍门口那一大棵一定也是绿肥白瘦，光阴过得何等地快！你近来如何？听说曾进城一次，歌乐山竟不曾停车，似乎有点对不起朋友。刚给白薇写几个字，忽然想起赵清阁，不知她近体如何？春来是否瘥了？请你代走一趟，看看她，我自己近来好得很。文藻大约下月初才能从昆明回来，他生日是二月九号，你能来玩玩否？余不一一，即请大安问业雅好。

冰心

三月廿五日

冰心致赵清阁的信

清阁：

　　信都收入，将来必有一天我死了都没有人哭。关于我病危的谣言已经有太多次了，在远方的人不要惊慌，多会儿真死了才是死，而且肺病绝不可能。这种情形，并不算坏。就是有病时（有时）太寂寞一点，而且什么都要自己管，病人自己管自己，总觉得有点那个！你叫我写文章，尤其是小说，我何尝不想写，就是时间太零碎，而且杂务非常多。也许我回来时在你的桌上会写出一点来。上次给你寄了樱花没有？并不好，就是多，我想就是菜花多了也会好看，樱花意味太哲学了，而且属于悲观一路，我不喜欢。朋友们关心我的，请都替我辟谣，而且问好。参政会还没有通知，我也不知道是否五月开，他们应当早通知我，好做准备。这边待得相当腻，朋友太少了，风景也没有什么，人为居多，如森林，这都是数十年升平的结果。我们只要太平下来五十年，你看看什么样子，总之我对于日本的□□，第一是女人（太没有背脊骨了），第二是樱花，第三第四也还要有……匆匆请放心。

冰心

四、十七

冰心致作者的信之四

实秋:

　　文藻到贵阳去了,大约十日后方能回来,他将来函寄回,叫我做复。大札较长,回诵之余,感慰无尽。你问我除生病之外,所做何事,像我这样不事生产,当然使知友不满之意,溢于言外。其实我到呈贡后,只病过一次,日常生活,都在跑山望水、柴米油盐、看孩子中度过。自己也未尝不想写作,总因心神不定,前作《默庐试笔》断续写了三夜,成了六七千字,又放下了。当然并不敢妄自菲薄,如今环境又静美,正是应当振作时候,甚望你常常督促,省得我就此沉落下去。呈贡是极美,只是城太小,山下也住有许多外来的工作人员,谈起来有时很好,有时就很索然,在此居留,大有MainStreet风味,渐渐地会感到孤寂。(当然昆明也没有什么意思,我每次进城,都亟欲回来!)我有时想这不是居处关系,人到中年,都有些萧索。我的一联是"海内风尘诸弟隔,天涯涕泪一身遥",庶几近之。你是个风流才子,"时势造成的教育专家",同时又有"高尚娱乐""活鱼填鸭充饥"。所谓之"依人自笑冯驻老,作客谁怜范叔寒"两句(你对我已复述过两次),真是文不对题,该打!该打!只是思家之念,尚值得人同情耳！你跌伤已痊愈否？景超如此仗义疏财，可惜我不能身受其惠。

　　我们这里，毫无高尚娱乐，而且虽有义可仗，也无财可疏，为可叹也！文藻信中又嘱我为一樵写一条横幅，请你代问他，可否代以"直条"？我本来不是写字的人，直条还可闭着眼草下去，写完"一瞑不视"（不是"掷笔而逝"）！横幅则不免手颤了，请即复。山风渐动，阴雨时酸寒透骨，幸而此地阳光尚多，今天不好，总有明天可以盼望。你何时能来玩玩？译述脱稿时请能惠我一读。景超、业雅、一樵请代致意，此信可以传阅。静夜把笔，临颖不尽。

冰心拜启

十一月廿七

冰心致作者的信之五

实秋：

　　我弟妇的信和你的同到。她也知道她找事的不易，她也知道大家的帮忙，叫我写信谢谢你！总算我做人没白做，家人也体恤，朋友也帮忙，除了"感激涕零"之外，无话可说！东京生活，不知宗生回去告诉你多少？有时很好玩，有时就寂寞得很。大妹身体痊愈，而且茁壮，她廿号上学，是圣心国际女校。小妹早就上学（九·一）。我心绪一定，倒想每日写点东西，要不就忘了。文藻忙得很，过去时时处处有回去可能，但是总没有走得成。这边本不是什么长事，至多也只到年底。你能吃能睡，茶饭无缺，这八个字就不容易！老太太、太太和小孩子们都好否？关于杜诗，我早就给你买了一部日本版的，放在那里，相当大，坐飞机的人无肯带，只好将来自己带了。书贾又给我送来一部中国版的（嘉庆）和一部《全唐诗》，我也买了，现在日本书也贵。我常想念北平的秋天，多么高爽！这里三天台风了，震天撼地，到哪儿都是潮不唧的，讨厌得很。附上昭涵一函，早已回了，但是朋友近况，想你也要知道。

文藻问好

冰心

中秋前一日

后记

一

绍唐吾兄：

在《传记文学》十三卷六期我写过一篇《忆冰心》，当时我根据几个报刊的报道，以为她已不在人世，情不自已，写了那篇哀悼的文字。

今年春，凌叔华自伦敦来信，告诉我冰心依然健在，惊喜之余，深悔孟浪。顷得友人自香港剪寄今年五月二十四日香港《新晚报》，载有关冰心的报道，标题是《冰心老当益壮酝酿写新书》，我从文字中提炼出几点事实：

（一）冰心今年七十三岁，还是那么健康，刚强，洋溢着豪逸的神采。

（二）冰心后来从未教过书，只是搞些写作。

（三）冰心申请了好几次要到工农群众中去生活，终于去了，一住十多个月。

（四）目前她好像是"待在"中央民族学院里，任务不详。

（五）她说："很希望写一些书"，最后一句话是"老牛破车，也还要走一段路的"。

此文附有照片一帧。人还是很精神的，只是二十多年不见，显着苍老多了。因为我写过《忆冰心》一文，我觉得我有义务做简单的报告，更正我轻信传闻的失误。

弟梁实秋拜启

一九七二年六月十五日西雅图

有修养，很孤僻，特立独行

一九六八年六月九日《中央日报》方块文章井心先生记载着："以写作手法新颖，自成一格……的作者沈从文，不久以前，在大陆因受不了迫害而死。听说他喝过一次煤油，割过一次静脉，终于带着不屈服的灵魂而死去了。"

接着又说，"他出身行伍，而以文章闻名；自称小兵，而面目姣好如女子，说话、态度尔雅、温文……""他写得一手娟秀的《灵飞经》……"这几句话描写得确切而生动，使我想起沈从文其人。

我现在先发表他一封信，大概是民国十九年（编者注：1930年）间他在上海时候写给我的。信的内容没有什么可注意的，但是几个字写得很挺拔而俏丽。他最初以"休芸芸"的笔名向《晨报副镌》投稿时，用细尖钢笔写的稿子就非常地出色，徐志摩因此到处揄扬他。后来他写《阿丽思中国游记》分期刊登《新月》，我才有机会看到他的笔迹，果然是秀劲不凡。

从文虽然笔下洋洋洒洒，却不健谈，见了人总是低着头羞答答的，说话也是细声细气。关于他"出身行伍"的事他从不多谈。他在十九年三月写过一篇《从文自序》，关于此点有清楚的交代，他说："因为生长地方为清时屯戍重镇，绿营制度到近年尚依然存在，故于过去祖父曾入军籍，做过一次镇守使，现在兄弟及父亲皆仍在军籍中做中级军官。因地方极其偏僻，与苗民杂处聚居，教育文化皆极低落，故长于其环境中的我，幼小时显出生命的那一面，是放荡与诡诈。十二岁我曾受过关于军事的基本训练，十五岁时随军外出曾做上士。后到沅州，为一城区屠宰收税员，不久又以书记名义，随某剿匪部队在川、湘、鄂、黔四省边上过放纵野蛮约三年。因身体衰弱，年龄渐长，从各种生活中养成了默想与体会人生趣味的习惯，对于过去生活有所怀疑，渐觉有努力位置自己在一陌生事业上之必要。因这憧憬的要求，糊糊涂涂地到了北京。"这便是他早年从军经过的自白。

由于徐志摩的吹嘘，胡适之先生请他到中国公学教国文，这是一件极不寻常的事，因为一个没有正常的适当的学历资历的青年而能被人赏识于牝牡骊黄之外，是很不容易的。从文初登讲坛，怯场是意中事，据他自己说，上课之前做了充分准备，以为资料足供一小时使用而有余，不料面对黑压压一片人头，三言两语地就把要说的话都说完了，剩下许多时间非得临时编造不可，否则就要冷场，这使他颇为受窘。一位教师不善言辞，不算是太大的短处，若是没有足够的学识便难获得大家的敬服。因此之故，从文虽然不是顶会说话的人，仍不失为成功的受欢迎的教师。记问之学不足以为人师，需要有启发别人的力量才不愧为人师，在这一点上从文有他独到之处，因为他有丰富的人生经验和好学深思的性格。

在中国公学一段时间，他最大的收获大概是他的婚姻问题的解决。英语系的女生张兆和女士是一个聪明用功而且秉性端庄的小姐，她的家世很好，多才多艺的张充和女士便是她的胞姊。从文因授课的关系认识了她，而且一见钟情。凡是沉默寡言笑的人，一旦堕入情网，时常是一往情深，一发而不可收拾。从文尽管颠倒，但是没有得到对方青睐。他有一次急得想要跳楼。

他本有流鼻血的毛病，几番挫折之后苍白的面孔愈发苍白了。他会写信，以纸笔代喉舌。张小姐实在被缠不过，而且师生恋爱声张开来也是令人很窘的，于是有一天她带着一大包从文写给她的信去谒见胡校长，请他做主制止这一扰人举动的发展。她指出了信中这样的一句话："我不仅爱你的灵魂，我也要你的肉体。"她认为这是侮辱。胡先生皱着眉头，板着面孔，细心听她陈述，然后绽出一丝笑容，温和地对她说："我劝你嫁给他。"张女士吃了一惊，但是禁不住胡先生诚恳的解说，居然急转直下默不作声地去了。胡先生曾自诩善于为人作伐，从文的婚事得谐便是他常常乐道的一例。

在青岛大学从文教国文，大约一年多就随杨振声（今甫）先生离开青岛到北平居住。今甫到了夏季就搬到颐和园赁屋消暑，和他做伴的是一位干女儿，他自称过的是帝王生活，优哉游哉地享受那园中的风光湖色。此时从文给今甫做帮手，编中学国文教科书，所以也常常在颐和园出出进进。书编得很精彩，偏重于趣味，可惜不久抗战军兴，书甫编竣，已不合时代需要，故从未印行。

从文一方面很有修养，一方面也很孤僻，不失为一个特立独行之士。像这样不肯随波逐流的人，如何能不做了时代的牺牲？他的作品有四十几种，可谓多产，文笔略带欧化语气，大约是受了阅读翻译文学作品的影响。

此文写过，又不敢相信报纸的消息，故未发表。读聂华苓女士作《沈从文评传》（英文本，一九七二年纽约Twayne Publishers出版），果然好像从文尚在人间。人的生死可以随便传来传去，真是人间何世！

一九七三年六月二十日西雅图

老舍的才华是多方面的，而且有个性

我最初读老舍的《赵子曰》《老张的哲学》《二马》，未识其人，只觉得他以纯粹的北平土语写小说颇为别致。北平土语，像其他主要地区的土语一样，内容很丰富，有的是俏皮话儿、歇后语、精到出色的明喻暗譬，还有许多有声无字的词字。如果运用得当，北平土话可说是非常地生动有趣；如果使用起来不加检点，当然也可能变成为油腔滑调的"耍贫嘴"。以土话入小说本是小说家常用的一种技巧，可使对话格外显得活泼，可使人物性格显得真实突出。若是一部小说从头到尾，不分对话叙述或描写，一律使用土话，则自《海上花》一类的小说以后并不多见。我之所以注意老舍的小说者盖在于此。胡适先生对于老舍的作品评价不高，他以为老舍的幽默是勉强造作的。但一般人觉得老舍的作品是可以接受的，甚至颇表欢迎。

抗战后，老舍有一段期间住在北碚，我们时相过从。他又黑又瘦，甚为憔悴，平常总是佝偻着腰，迈着四方步，说话的声音低沉、徐缓，但是有风趣。他和老向住在一起，生活当然是很清苦的。在名义上他是中国文艺界抗敌协会的负责人，事实上这个组织的分子很复杂，有不少野心分子企图从中操纵把持。老舍对待谁都是一样地和蔼亲切，存心厚道，所以他的人缘好。

有一次北碚各机关团体以国立编译馆为首发起募款劳军晚会，一连两晚，盛况空前，把北碚儿童福利试验区的大礼堂挤得水泄不通。国立礼乐馆的张充和女士多才多艺，由我出面邀请，会同编译馆的姜作栋先生（名伶钱金福的弟子），合演一出《刺虎》，唱作之佳至今令人不能忘。在这一出戏之前，垫一段对口相声。这是老舍自告奋勇的，蒙他选中了我做搭档，头一晚他"逗哏"我"捧哏"，第二晚我逗他捧，事实上挂头牌的当然应该是他。他对相声特有研究。在北平长大的谁没有听过焦德海、草上飞？但是能把相声全本大套地背诵下来则并非易事。如果我不答应上台，他即不肯露演，我为了劳军只好勉强同意。老舍嘱咐我说："说相声第一要沉得住气，放出一副冷面孔，永远不许笑，而且要控制住观众的注意力，用干净利落的口齿在说到紧要处使出全副气力斩钉断铁一般迸出一句俏皮话，则全场必定爆出一片彩声哄堂大笑，用句术语来说，这叫作'皮儿薄'，言其一戳即破。"我听了之后连连辞谢说："我办不了，我的皮儿不薄。"他说："不要紧，咱们练着瞧。"于是他把词儿写出来，一段是《新洪羊洞》，一段是《一家六口》，这都是老相声，谁都听过。相声这玩意儿不嫌其老，越是经过千锤百炼的玩意儿越惹人喜欢，借着演员的技艺风度之各有千秋而永远保持新鲜的滋味。相声里面的粗俗玩笑，例如"爸爸"二字刚一出口，对方就得赶快顺口搭腔地说声"啊"，似乎太无聊，但是老舍坚持不能删免，据他看相声已到了至善至美的境界，不可稍有损益。是我坚决要求，他才同意在用折扇敲头的时候只要略为比画而无须真打。我们认真地排练了好多次。到了上演的那一天，我们走到台的前边，泥雕木塑一般绷着脸肃立片刻，观众已经笑不可抑，以后几乎只能在阵阵笑声之间的空隙进行对话。该用折扇敲头的时候，老舍不知是一时激动忘形，还是有意违反诺言，抡起大折扇狠狠地向我打来，我看来势不善，向后一闪，折扇正好打落了我的眼镜，说时迟，那时快，我手掌向上两手平伸，正好托住那落下来的眼镜，我保持那个姿势不动，彩声历久不绝，有人以为这是一手绝活儿，还高呼："再来一回！"

老舍的才华是多方面的，长短篇的小说、散文、戏剧、白话诗，无一不能，无一不精。而且他有他的个性，绝不俯仰随人。我现在捡出一封老舍给我的信，是他离开北碚之后写的，那时候他的夫人已自北平赶来四川，但是他的生活更陷于苦闷。他患有胃下垂的毛病，割盲肠的时候用一小时余还寻不到盲肠，后来在腹部的左边找到了。这封信附有七律五首，由此我们也可窥见他当时的心情的又一面。

前几年王敬羲从香港剪写老舍短文一篇，可惜未注明写作或发表的时间及地点，题为《春来忆广州》，看他行文的气质，已由绚烂趋于平淡，但是有一缕惆怅悲哀的情绪流露在字里行间。听说他去年已做了九泉之客，又有人说他尚在人间。是耶非耶，其孰能辨之？兹将这一小文附录于后：

春来忆广州

我爱花。因气候、水土等等关系，在北京养花，颇为不易。冬天冷，院里无法摆花，只好都搬到屋里来。每到冬季，我的屋里总是花比人多，形势逼人！屋中养花，有如笼中养鸟，即使用心调护，也养不出个样子来。除非特建花室，实在无法解决问题。我的小院里，又无隙地可建花室！

一看到屋中那些半病的花草，我就立刻想起美丽的广州来。去年春节后，我不是到广州住了一个月吗？哎呀，真是了不起的好地方！人极热情，花似乎也热情！大街小巷，院里墙头，百花齐放，欢迎客人，真是"交友看花在广州"啊！

在广州，对着我的屋门便是一株象牙红，高与楼齐，盛开着一丛红艳夺目的花儿，而且经常有很小的小鸟，钻进那朱红的小"象牙"里，如蜂采蜜。真美！只要一有空儿，我便坐在阶前，看那些花与小鸟。在家里，我也有一棵象牙红，可是高不及三尺，而且是种在盆子里。它入秋即放假休息，入冬便睡大觉，且久久不醒，直到端阳左右，它才开几朵先天不足的小花，绝对没有那种秀气的小鸟做伴！

现在，它正在屋角打盹，也许跟我一样，正想念它的故乡广东吧？

春天到来，我的花草还是不易安排：早些移出去吧，怕风霜侵犯；不搬出去吧，又都发出细条嫩叶，很不健康。这种细条子不会长出花来。看着真令人焦心！

好容易盼到夏天，花盆都运至院中，可还不完全顺利。院小，不透风，许多花儿便生了病。特别由南方来的那些，如白玉兰、栀子、茉莉、小金橘、茶花……也不知怎么就叶落枝枯，悄悄死去。因此，我打定主意，在买来这些比较娇贵的花儿之时，就认为它们不能长寿，尽到我的心，而又不做幻想，以免枯死的时候落泪伤神。同时，也多种些叫它死也不肯死的花草，如夹竹桃之类，以期老有些花儿看。

夏天，北京的阳光过暴，而且不下雨则已，一下就是倾盆倒海而来，势不可挡，也不利于花草的生长。

秋天较好，可是忽然一阵冷风，无法预防，娇嫩些的花儿就受了重伤。于是，全家动员，七手八脚，往屋里搬呀，各屋里都挤满了花盆，人们出来进去都须留神，以免绊倒！

真羡慕广州的朋友们，院里院外，四季有花，而且是多么出色的花呀！白玉兰高达数丈，干子比我的腰还粗！英雄气概的木棉，昂首天外，开满大红花，何等气势！就连普通的花儿，四季海棠与绣球什么的，也特别壮实，叶茂花繁，花小而气魄不小！看，在冬天，窗外还有结实累累的木瓜呀！真没法儿比！一想起花木，也就更想念朋友们！

記梁任公先生的一次演讲

有学问，有文采，有热心肠的学者

　　梁任公先生晚年不谈政治，专心学术。大约在一九二一年左右，清华学校请他做第一次的演讲，题目是《中国韵文里表现的情感》。我很幸运地有机会听到这一篇动人的演讲。那时候的青年学子，对梁任公先生怀着无限的景仰，倒不是因为他是戊戌政变的主角，也不是因为他是云南起义的策划者，实在是因为他的学术文章对于青年确有启迪领导的作用。过去也有不少显宦，以及叱咤风云的人物莅校讲话，但是他们没有能留下深刻的印象。

　　任公先生的这一篇讲演稿，后来收在《饮冰室文集》里。他的讲演是预先写好的，整整齐齐地写在宽大的宣纸制的稿纸上面，他的书法很是秀丽，用浓墨写在宣纸上，十分美观。但是读他这篇文章和听他这篇讲演，那趣味相差很多，犹之乎读剧本与看戏之迥乎不同。我记得清清楚楚，在一个风和日丽的下午，高等科楼上大教堂里坐满了听众，随后走进了一位短小精悍、秃头顶、宽下巴的人物，穿着肥大的长袍，步履稳健，风神潇洒，左右顾盼，光芒四射，这就是梁任公先生。

　　他走上讲台，打开他的讲稿，眼光向下面一扫，然后是他的极简短的开场白，一共只有两句，头一句是："启超没有什么学问——"眼睛向上一翻，轻轻点一下头，"可是也有一点喽！"这样谦逊同时又这样自负的话是很难得听到的。他的广东官话是很够标准的，距离国语甚远，但是他的声音沉着而有力，有时又是洪亮而激昂，所以我们还是能听懂他的每一字，我们甚至想如果他说标准国语其效果可能反要差一些。

我记得他开头讲一首古诗《箜篌引》：

> 公无渡河。
>
> 公竟渡河！
>
> 渡河而死，
>
> 其奈公何！

这四句十六字，经他一朗诵，再经他一解释，活画出一出悲剧，其中有起承转合，有情节，有背景，有人物，有情感。我在听先生这篇讲演后二十余年，偶然获得机缘在茅津渡候船渡河。但见黄沙弥漫，黄流滚滚，景象苍茫，不禁哀从中来，顿时忆起先生讲的这首古诗。

先生博闻强记，在笔写的讲稿之外，随时引证许多作品，大部分他都能背诵得出。有时候，他背诵到酣畅处，忽然记不起下文，他便用手指敲打他的秃头，敲几下之后，记忆力便又畅通，成本大套地背诵下去了。他敲头的时候，我们屏息以待，他记起来的时候，我们也跟着他欢喜。

先生的讲演，到紧张处，便成为表演。他真是手之舞之，足之蹈之，有时掩面，有时顿足，有时狂笑，有时叹息。听他讲到他最喜爱的《桃花扇》，讲到"高皇帝，在九天，不管……"那一段，他悲从中来，竟痛哭流涕而不能自已。他掏出手巾拭泪，听讲的人不知有几多也泪下沾巾了！又听他讲杜氏讲到"剑外忽传收蓟北，初闻涕泪满衣裳……"先生又真是于涕泗交流之中张口大笑了。

这一篇讲演分三次讲完，每次讲过，先生大汗淋漓，状极愉快。听过这讲演的人，除了当时所受的感动之外，不少人从此对于中国文学发生了强烈的爱好。先生尝自谓"笔锋常带情感"，其实先生在言谈讲演之中所带的情感不知要更强烈多少倍！

有学问、有文采、有热心肠的学者，求之当世能有几人？于是我想起了从前的一段经历，笔而记之。

叶公超二三事

爱书成癖，嗜读新诗

公超在某校任教时，邻居为一美国人家。其家顽童时常翻墙过来骚扰，公超不胜其烦，出面制止。顽童不听，反以恶言相向，于是双方大声诟谇，秽语尽出。其家长闻声出视，公超正在厉声大骂：I'll crown you with a pot of shit!"（"我要把一桶粪浇在你的头上！"）

那位家长慢步走了过来，并无怒容，问道："你这一句话是从哪里学来的？我有好久没有听见过这样的话了。你使得我想起我的家乡。"

公超是在美国读完中学才进大学的，所以美国孩子们骂人的话他都学会了。他说，学一种语言，一定要把整套的咒骂人的话学会，才算彻底。如今他这一句粪便浇头的脏话使得邻居和他从此成朋友。这件事是公超自己对我说的。

公超在暨南大学教书的时候，因兼图书馆长，而且是独身，所以就住在图书馆楼下一小室，床上桌上椅上全是书。他有爱书癖，北平北京饭店楼下Vetch的书店，上海的别发公司，都是他经常照顾的地方。做了图书馆长，更是名正言顺地大量买书。他私人嗜读的是英美的新诗。英美的诗，到了第二次世界大战以后，才有所谓"现代诗"大量出现。诗风偏向于个人独特的心理感受，而力图摆脱传统诗作的范畴，偏向于晦涩。公超关于诗的看法与徐志摩、闻一多不同。当时和公超谈得来的新诗作家，饶孟侃（子离）是其中之一。公超由图书馆楼下搬出，在真如乡下离暨南不远处租了几间平房，小桥流水，阡陌纵横，非常雅静。子离有时也在那里下榻，和公超为伴。有一天二人谈起某某英国诗人，公超就取出其人诗集，翻出几首代表作，要子离读，读过之后再讨论。子离倦极，抛卷而眠。公超大怒，顺手捡起一本大书投掷过去。虽未使他头破血出，却使得他大惊。二人因此勃谿。这件事也是公超自己对我说的。

公超萧然一身，校中女侨生某常去公超处请益。其人貌仅中姿，而性情柔顺。公超自承近于大男人沙文主义者，特别喜欢meek（柔顺）的女子。这位女生有男友某，扬言将不利于公超。公超惧，借得手枪一支以自卫。一日偕子离外出试枪，途中有犬狺狺，乃发一枪而犬毙。犬主索赔，不得已只得补偿之。女生旋亦返国嫁一贵族。

公超属于"富可敌国贫无立锥"的类型。他的叔父叶恭绰先生收藏甚富，包括其外公赵之谦的法书在内。抗战期间这一批收藏存于一家银行仓库，家人某勾结伪组织特务人员图谋染指，时公超在昆明教书，奉乃叔父电召赴港转沪寻谋处置之道，不幸遭敌伪陷害入狱，后来取得和解方得开释。据悉这部分收藏现在海外。而公超离开学校教席亦自此始。

公超自美大使卸任归来后，意态萧索。我请他在师大英语研究所开现代英诗一课，他碍于情面俯允所请。但是他宦游多年，实已志不在此，教一学期而去。自此以后他在政界浮沉，我在学校尸位，道不同遂晤面少，遇于公开集会中一面，匆匆存问数语而已。

文学作品要经过时间淘汰，才能显露其真正的价值

今天是徐志摩逝世五十年纪念日。五十年说长不长，说短不短。不过人生不满百，能有几个五十年？

常听人说，文学作品要经过时间淘汰，才能显露其真正的价值。有不少作品，轰动一时，为大众所爱读，但是不久之后环境变了，不复能再激起读者的兴趣，畅销书就可能变成廉价的剩余货，甚至从人的记忆里完全消逝。有些作品却能历久弥新，长期被人欣赏。时间何以能有这样大的力量？其主要关键在于作品是否具有描述人性的内涵。人性是普遍的、永久的，不因时代环境之变迁而改变。所以各个时代的有深度的优秀作品永远有知音欣赏。其次是作品而有高度的技巧、优美的文字，也是使作品不朽的一个条件。通常是以五十年为考验的时期，作品而能通过这个考验的大概是可以相当长久地存在下去了。这考验是严酷无情的，非政治力量所能操纵，亦非批评家所能左右，更非商业宣传所能哄抬，完全靠作品的实质价值而决定其是否能长久存在的命运。

志摩逝世了五十年，他的作品通过了这一项考验。

梁锡华先生比我说得更坚定，他说："徐志摩在新文学史占一席位是无

可置疑的，而新文学史是晚清之后中国文学史之继续，也是不容否认的，虽然慷慨悲歌的遗老遗少至今仍吞不下这颗药丸，但是他们的子孙还得要吞，也许会嚼而甘之也未可料。"文学史是绵连不断的，只有特殊的社会变动或暴力政治集团可能扼杀文学生命于一时，但不久仍然会复苏。白话文运动是自然的、合理的一项发展，没有人能否定。不过，在文学史上占一席位固然不易，其文学作品的本身价值实乃另一问题。据我看，徐志摩不仅在新文学史上占一席位，其作品经过五十年的淘汰考验，也成了不可否认的传世之作。

请先从新诗说起。胡适之先生的《尝试集》是新诗的开山之作，但是如今很少人读了。因为这部作品的存在价值在于为一种文学主张做实验，而不是在于其本身的文学成就。《尝试集》是旧诗新诗之间发展过程中的一大里程碑。胡先生不是诗人，他的理性强过于他的感性，他的长于分析的头脑不容许他长久停留在直觉的情感的境界中。他偶有小诗，也颇清新可喜，但是明白清楚有余，沉郁顿挫不足。徐志摩则不然，虽然他自承"我查过我的家谱，从永乐以来，我们家里没有写过一行可供传诵的诗句"，表示他们家是"商贾之家，没有读书人"，但是他是诗人。毁他的人说他是纨绔子，说他飞扬浮躁，但是认识他的人都知道他是一个非常敏感而且多情的人，有他的四部诗集为证。

志摩有一首《再别康桥》脍炙人口。开头一节是：

> 轻轻的我走了，
>
> 正如我轻轻的来；
>
> 我轻轻的招手，
>
> 作别西天的云彩。

最后一节是：

悄悄的我走了，
正如我悄悄的来；
我挥一挥衣袖，
不带走一片云彩。

这一首诗至今有很多读者不断地吟哦，欣赏那带着哀伤的一往情深的心声。初期的新诗有这样成就的不可多得。还有一首《偶然》也是为大家所传诵的——

我是天空里的一片云，
偶尔投影在你的波心——
你不必讶异，
更无须欢喜——
在转瞬间消灭了踪影。

你我相逢在黑夜的海上，
你有你的，我有我的，方向；
你记得也好，
最好你忘掉。
在这交会时互放的光亮！

我也不知为什么，我最爱读的是他那一首《这年头活着不易》。志摩的诗一方面受胡适之先生的影响，力求以白话为诗，像《谁知道》一首就很像胡先生写的《人力车夫》，但是志摩的诗比胡先生的诗较富诗意，在技巧方面也进步得多。在另一方面他受近代英文诗的影响也很大，诗集中有一部分根本就是英诗中译。最近三十年来，新诗作家辈出，一般而论其成绩超越了前期的作者，这是毋庸置疑的事。不过诗就是诗，好诗就是好诗，不一定后来居上，也不一定继起无人。

讲到散文，志摩也是能手。自古以来，有人能诗不能文，也有人能文不能诗。志摩是诗文并佳，我甚至一度认为他的散文在他的诗之上。一般人提起他的散文就想起他的《浓得化不开》。那两篇文字确是他自己认为得意之作，我记得他写成之后，情不自禁，自动地让我听他朗诵。他不善于读诵，我勉强听完。这两篇文字列入小说集中，其实是两篇散文游记，不过他的写法特殊，以细密的笔法捕捉繁华的印象，我不觉得这两篇文字是他的散文代表作。《巴黎的鳞爪》与《自剖》两集才是他的散文杰作。他的散文永远是亲切的，是他的人格的投射，好像是和读者晤言一室之内。他的散文自成一格，信笔所之，如行云流水。他自称为文如"跑野马"，没有固定的目标，没有拟好的路线。严格讲，这不是正规的文章做法。志摩仗恃他有雄厚的本钱——热情与才智，故敢于跑野马，而且令人读来也觉得趣味盎然。这种写法是别人学不来的。

一位高雅的与世无争的读书人

周作人先生住北平西城八道湾，看这个地名就可以知道那是怎样的一个弯弯曲曲的小胡同。但是在这个陋巷里却住着一位高雅的与世无争的读书人。

我在清华读书的时候，代表清华文学社会见他，邀他到清华演讲。那个时代，一个年轻学生可以不经介绍径自拜访一位学者，并且邀他演讲，而且毫无报酬，好像不算是失礼的事。如今手续似乎更简便了，往往是一通电话便可以邀请一位素未谋面的人去讲演什么的。我当年就是这样冒冒失失地慕名拜访。转弯抹角地找到了周先生的寓所，是一所坐北朝南的两进的平房，正值雨后，前院积了一大汪子水，我被引进去，沿着南房檐下的石阶走进南屋。地上铺着凉席。屋里已有两人在谈话，一位是留了一撮小胡子的鲁迅先生，另一位年轻人是写小诗的何植三先生。鲁迅先生和我招呼之后就说："你是找我弟弟的，请里院坐吧。"

里院正房三间，两间是藏书用的，大概有十个八个木书架，都摆满了书，有竖立的西书，有平放的中文书，光线相当暗。左手一间是书房，很爽亮，有一张大书桌，桌上文房四宝陈列整齐，竟不像是一个人勤于写作的所在。靠墙一几两椅，算是待客的地方。上面原来挂着一个小小的横匾，"苦雨斋"三个字是沈尹默写的。斋名苦雨（后来他改斋名为"苦茶庵"了），显然和前院的积水有关，也许还有屋瓦漏水的情事。总之是十分恼人的事，可见主人的一种无奈的心情。俄而主人移步入，但见他一袭长衫，意态偬然，背微伛，目下视，面色灰白，短短的髭须满面，语声低沉到令人难以辨听的程度。一仆人送来两盏茶，日本式的小盖碗，七分满的淡淡清茶。我道明来意，他用最简单的一句话接受了我们的邀请。于是我不必等端茶送客就告辞而退，他送我一直到大门口。

从北平城里到清华，路相当远，人力车要一个多小时，但是他准时来了，高等科礼堂有两三百人听他演讲。讲题是《日本的小诗》。他特别提出所谓俳句，那是日本的一种诗体，以十七个字为一首，一首分为三段，首五字，次七字，再五字，这是正格，也有不守十七字之限者。这种短诗比我们的五言绝句还要短。由于周先生语声过低，乡音太重，听众不易了解，讲演不算成功。幸而他有讲稿，随即发表。他所举的例句都非常有趣，我至今还记得的是一首松尾芭蕉的作品，好像是"听呀，青蛙跃入古潭的声音"这样的一句，细味之颇有禅意。此种短诗对于试写新诗的人颇有影响，就和泰戈尔的散文诗一样，容易成为模拟的对象。

民国二十三年（编者注：1934年）我到了北京大学，和周先生有同事三年之雅。在此期间我们来往不多，一来彼此都忙，我住东城他住西城，相隔甚远，不过我也在苦雨斋做过好几次的座上客。我很敬重他，也很爱他的淡雅的风度。我当时主编一个周刊《自由评论》，他给过我几篇文稿，我很感谢他。他曾托我介绍把他的一些存书卖给学校图书馆。我照办了。他也曾要我照拂他的儿子周丰一（在北大外文系日文组四年级），我当然也义不容辞，我在这里发表他的几封短札，文字简练，自有其独特的风格。

周先生晚节不终，宦事敌伪，以至于身系缧绁，名声扫地，是一件极为可惜的事。不过他所以出此下策，也有其远因近因可察。他有一封信给我，是在抗战前夕写的：

实秋先生：手书敬悉。近来大有闲，却也不知怎的又甚忙，所以至今未能写出文章，甚歉。看看这"非常时"的四周空气，深感到无话可说，因为这（我的话或文章）是如此地不合宜的。日前曾想写一篇关于《求己录》的小文，但假如写出来了，恐怕看了赞成的只有一个——《求己录》的著者陶葆廉吧？等写出来可以用的文章时，即当送奉，匆匆不尽。

作人启　七日夜

关于《求己录》的文章虽然他没有写，我们却可想见他对《求己录》的推崇，按，《求己录》一册一函，光绪二十六年杭州求是书院刊本，署芦泾循士著，乃秀水陶葆廉之别号。陶葆廉是两广总督陶模（子方）之子，久佐父幕，与陈三立、谭嗣同、沈雁潭合称四公子。作人先生引陶葆廉为知己，同属于不合时宜之列。他也曾写信给我提到"和日和共的狂妄主张"。是他对于抗日战争早就有了他自己的一套看法。他平素对于时局，和他哥哥鲁迅一样，一向抱有不满的态度。

作人先生有一位日籍妻子。我到苦茶庵去过几次没有拜见过她，只是隔着窗子看见过一位披着和服的妇人走过，不知是不是她。一个人的妻子，如果她能勤俭持家相夫教子而且是一个"温而正"的女人，她的丈夫一定要受到她的影响，一定爱她，一定爱屋及乌地爱与她有关的一切。周先生早年负笈东瀛，娶日女为妻，对于日本的许多方面有好的印象是可以理解的。我记得他写过一篇文章赞美日本式的那种纸壁地板蹲坑的厕所，真是匪夷所思。他有许多要好的日本朋友，更是意料中事，犹之鲁迅先生之与上海虹口的内山书店老板过从甚密。

抗战开始，周先生舍不得离开北平，也许是他自恃日人不会为难他。以我所知，他不是一个热衷仕进的人，也异于鲁迅之偏激孤愤。不过他表面上淡泊，内心里却是冷峭。他这种心情和他的身世有关。一九八二年九月二十日《联合报》万象版登了一篇《高阳谈鲁迅心头的烙痕》：

> 鲁迅早期的著作，如《呐喊》等，大多在描写他的那场"家难"，其中主角是他的祖父周福清，同治十年三甲第十五名进士，外放江西金溪知县。光绪四年因案被议，降级改为"教谕"。周福清不愿做清苦的教官，改捐了一个"内阁中书"，做了十几年的京官。
>
> 光绪十九年春天，周福清丁忧回绍兴原籍。这年因为下一年慈禧太后六旬万寿，举行癸巳恩科乡试，周福清受人之托，向浙江主考贿买关节，连他的儿子也就是鲁迅的父亲周用吉在内，一共是六个人，关节用"宸衷茂育"字样；另外"虚写银票洋银一万元"，一起封入信封。投信的对象原是副主考周锡恩，哪知他的仆人在苏州误投到正主考殷如璋的船上。殷如璋不知究竟，折开一看，方知贿买关节。那时苏州府知府王仁堪在座，而殷如璋与周福清又是同年，为了避嫌疑起见，明知必是误投，亦不能不扣留来人，送官究办。周福清就这样吃上了官司。

科场舞弊，是件严重的事。但从地方到京城，都因为明年是太后六十万寿，不愿兴大狱，刑部多方开脱，将周福清从斩罪上量减一等，改为充军新疆。历久相沿的制度是，刑部拟罪得重，由御笔改轻，表示"恩出自上"；但这一回令人大出意外，御着批示："周福清着改为斩监候，秋后处决。"

这一来，周家可就惨了。第二年太后万寿停刑，固可多活一年；但自光绪二十一年起，每年都要设法活动，将周福清的姓名列在"勾决"名册中"情实"一栏之外，才能免死。这笔花费是相当可观的；此外，周福清以"死囚"关在浙江臬司监狱中，如果希望获得较好的待遇，必须上下"打点"，非大把银子不可。周用吉的健康状况很差，不堪这样沉重的负担，很快地就去世了。鲁迅兄弟被寄养在亲戚家，每天在白眼中讨生活。十几岁的少年，由此而形成的人格，不是鲁迅的偏激负气，就是周作人的冷漠孤傲，是件不难想象的事。

鲁迅心头烙痕也正是周作人先生的心头烙痕，再加上抗战开始后北平爱国志士那一次的枪击，作人先生无法按捺他的激愤，遂失足成千古恨了。在后来国军撤离南京的前夕，蒋梦麟先生等还到监牢去探视过他，可见他虽然是罪有应得，但是他的老朋友们还是对他有相当的眷念。

一九七一年五月九日《中国时报》副刊有南宫搏先生一文《于〈知堂回想录〉而回想》，有这样的一段：

我曾写过一篇题为《先生，学生不伪！》不留余地指斥学界名人傅斯年。当时自重庆到沦陷区的接收大员，趾高气扬的不乏人，傅斯年即为其中之一。我们总以为学界的人应该和一般官吏有所不同，不料以清流自命的傅斯年在北平接收时，也有那一副可憎的面目，连"伪学生"也说得出口！——他说"伪教授"其实也可恕了。要知政府兵败，弃土地人民而退，要每一个人都亡命到后方去，那是不可能的。在敌伪统治下，为谋生而做一些事，更不能皆以汉奸目之，"饿死事小，失节事大"，说说容易，真正做起来，却并不是叫口号之易也。何况，平常做做小事而谋生，遽加汉奸帽子，在情在理，都是不合的。

南宫博先生的话自有他的一面的道理，不过周作人先生无论如何不是"做做小事而谋生"，所以我们对于他的晚节不终只有惋惜，无法辩解。

记张自忠将军

自奉俭朴的人方能成大事，讷涩寡言笑的人方能立大功

我与张自忠将军仅有一面之雅，但印象甚深，较之许多常常谋面的人更难令我忘怀。读《传记文学》秦绍文先生的大文，勾起我的回忆，仅为文补充以志景仰。

民国二十九年（编者注：1940年）一月我奉命参加国民参政会之华北视察慰劳团，由重庆出发经西安、洛阳、郑州、南阳、宜昌等地，访问了五个战区七个集团军司令部，其中之一便是张自忠将军的防地，他的司令部设在襄樊与当阳之间的一个小镇上，名快活铺。我们到达快活铺的时候大概是在二月中，天气很冷，还降着簌簌的冰霰。我们旅途劳顿，一下车便被招待到司令部。这司令部是一栋民房，真正的茅茨土屋，一明一暗，外间放着一张长方形木桌，环列木头板凳，像是会议室，别无长物，里间是寝室，内有一架大木板床，床上放着薄薄的一条棉被，床前一张木桌，桌上放着一架电话和两三叠镇尺压着的公文，四壁萧然，简单到令人不能相信其中有人居住的程度。但是整洁干净，一尘不染。我们访问过多少个司令部，无论是后方的或是临近前线的，没有一个在简单朴素上能比得过这一个。孙蔚如将军在中条山上的司令部，也很简单，但是也还有几把带靠背的椅子，孙仿鲁将军在

唐河的司令部也极朴素，但是他也还有设备相当齐全的浴室。至于那些雄霸一方的骄兵悍将就不必提了。

张将军的司令部固然简单，张将军本人却更简单。他有一个高高大大的身躯，不愧为北方之强，微胖，推光头，脸上刮得光净，颜色略带苍白，穿普通的灰布棉军服，没有任何官阶标识。他不健谈，更不善应酬，可是眉宇之间自有一股沉着坚毅之气，不是英才勃发，是温恭蕴藉的那一类型。他见了我们只是闲道家常，对于政治军事一字不提。他招待我们一餐永不能忘的饭食，四碗菜，一只火锅。四碗菜是以青菜豆腐为主，一只火锅是以豆腐青菜为主。其中也有肉片肉丸之类点缀其间。每人还加一只鸡蛋放在锅子里煮。虽然他直说简慢抱歉的话，我看得出这是他在司令部里最大的排场。这一顿饭吃得我们满头冒汗，宾主尽欢，自从我们出发视察以来，至此已将近尾声，名为慰劳将士，实则受将士慰劳，到处大嚼，直到了快活铺这才心安理得地享受了一餐在战地里应该享受的伙食。珍馐非我之所不欲，设非其时非其地，则顺着脊骨咽下去，不是滋味。

晚间很早地就被打发去睡觉了。我被引到附近一栋民房，一盏油灯照耀之下看不清楚什么，只见屋角有一大堆稻草，我知道那是我的睡铺。在前方，稻草堆就是最舒适的卧处，我是早有过经验的，既暖和又松软。我把随身带的铺盖打开，放在稻草堆上倒头便睡。一路辛劳，头一沾枕便呼呼入梦。俄而轰隆轰隆之声盈耳，惊慌中起来凭窗外视，月明星稀，一片死寂，上刺刀的卫兵在门外踱来踱去，态度很是安详，于是我又回到被窝里，但是断断续续的炮声使我无法再睡了。第二天早晨起来，参谋人员告诉我，这炮声是天天夜里都有的，敌人和我军只隔着一条河，到了黑夜敌人怕我们过河偷袭，所以不时地放炮吓吓我们，表示他们有备，实际上是他们自己壮胆。

我军听惯了，根本不理会他们，他们没有胆量开过河来。那么，我们是不是有时也要过河去袭击敌人呢？据说是的，我们经常有部队过河作战，并且有后继部队随时准备出发支援，张将军也常亲自过河督师。这条河，就是襄河。

早晨天仍未晴，冰霰不停，朔风刺骨。司令部前有一广场，是扩大了的打谷场，就在那地方召集了千把名士兵，举行赠旗礼，我们奉上一面锦旗，上面的字样不是"我武维扬"便是"国之干城"之类，我还奉命说了几句话，在露天讲话很难，没讲几句就力竭声嘶了。没有乐队，只有四把喇叭，简单而肃穆。行完礼张将军率领部队肃立道边，送我们登车而去。

回到重庆，大家争来问讯，问我在前方有何见闻。平时足不出户，哪里知道前方的实况？真是一言难尽。军民疾苦，惨不忍言，大家只知道"前方吃紧，后方紧吃"，其实亦不尽然，后方亦有不紧吃者，前方亦有紧吃者，大概高级将领之能刻苦自律如张自忠将军者实不可多觐。我尝认为，自奉俭朴的人方能成大事，讷涩寡言笑的人方能立大功。果然五月七日夜张自忠将军率部渡河解救友军，所向皆捷，不幸陷敌重围，于十六日壮烈殉国！大将陨落，举国震悼。

张将军灵榇由重庆运至北碚河干，余适寓北碚，亲见民众感情激动，群集江滨。遗榇厝于北碚附近小镇天生桥之梅花山。山以梅花名，并无梅花，仅一土丘蜿蜒公路之南侧，此为由青木关至北碚必经之在，行旅往还辄相顾指点："此张自忠将军忠骨长埋之处也。"

将军之生平与为人，余初不甚了了，唯"七七事变"前后余适在北平，对于二十九军诸将领甚为敬佩与同情，其谋国之忠与作战之勇，视任何侪辈皆无逊色，谓予不信，请看张自忠将军之事迹。

对亡友的
悼念

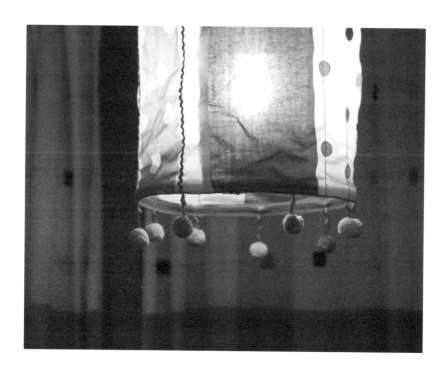

悼齐如山先生

心胸开阔，了无执着，所以能享受生活

精神矍铄谈笑风生

抗战期间，国立编译馆有一组人员从事平剧修订工作（后来由正中书局出版修订平剧选若干集），我那时适在北碚，遂兼主其事，在看剧本时遇到许多不易解决的问题，搔首踟蹰，不知如何落笔。同仁都是爱好戏剧的朋友，其中有票友，也有戏剧学校毕业的，但是没有真正科班出身的，因此对平剧的传统规矩与艺术颇感认识不足，常常谈到齐如山先生，如果能有机会向他请益，该有多好。

胜利后我到北平，因陈纪滢、王向辰两位先生之介得以拜识齐老先生，谈起来才知道齐老先生和先严在同文馆是同班同学，不过一是德文班一是英文班。齐老先生精神矍铄，谈笑风生，除了演剧的事情之外，他的兴趣旁及于小说及一切民间艺术，民间生活习惯以及风俗、沿革、掌故均能谈来头头是道，如数家珍。以知齐老先生是一个真知道生活艺术的人，对于人生有一份极深挚的爱，这种禀赋是很不寻常的。

年逾七十健壮如常

齐先生收藏甚富，包括剧本、道具、乐器、图书、行头等，抗日军兴，他为保护这一批文献颇费了一番苦心，装了几百只大木箱存在一个比较安全的地方，胜利之后才取了出来。这时节"中国国剧学会"恢复，先生的收藏便得到了一个展览的地方。我记得是在东城皇城根一所宫殿式的房子，原属于故宫，有三间大殿作为展览室，有一座亭子作为客厅。院里有汉白玉的平台和台阶，平台有十来块圆形的大石头，中间有个窟窿，据说是插灯笼用的，我看有一块妨碍行路，便想把它搬开，岂知分量甚重，我摇撼一下便不再尝试。齐老先生走过来就给搬开了，脸不红气不喘，使我甚为惭愧。还有一次在齐先生书斋里，齐先生表演"打飞脚"，一个转身，一声拍脚声，干净利落，我们不由得喝彩，那时在座的有老伶工尚和玉先生，不觉技痒，起身打个飞脚，按说这是他的行当出色的拿手，不料拖泥带水，歆里歪斜的几乎跌倒，有人上前把他扶住。那时候齐先生已有七十多岁，而尚健康如此。

提倡国剧不遗余力

中国国剧学会以齐先生为理事长，陈纪滢、王向辰和我都是理事，此外还延请了若干老伶工参加，如王瑶卿、王凤卿、尚和玉、侯喜瑞、萧长华、郝寿臣等，徐兰沅也在内。因为这个关系，我得有机会追随齐老先生之后遍访诸位伶工，听他们谈起内廷供奉，以及当年的三庆四喜，梨园往事，真不禁令人发思古之幽情。由于我们的建议，后来在青年会开了一次国剧晚会，请老伶工十余位分别登台随意讲说他们演剧的艺术，这些老人久已不与观众见面，故当时盛况空前。我们为国剧学会提出了许多工作计划，在齐先生领导之下，我们不时地研讨如何整理、研究、保藏、传授国剧的艺术。我在一九四八年冬离平赴粤，随后接到齐老先生自基隆来信，附有纪游小诗二首，我知道他老先生已到台湾，深自为他庆幸，也奉和了两首歪诗。一九四九年我到台湾，因为事忙，很少有机会趋候问安，但是经常看到他的写作，年事已高而笔墨不辍，真是惭愧后生，最近先生所著《国剧艺术汇考》出版，承赐一册，并在电话中嘱我批评，我不敢有负长辈厚意，写读后一文交《中国一周》，不数日而先生遽归道山！

钻研学问既专且精

先生对于国剧之贡献已无须多赘。我觉得先生治学为人最足令人心折之处有二：一是专精的研究精神，一是悠闲的艺术生活。

我们无论研究哪一门学问，只要持之以恒，日积月累即有可观，这点道理虽是简单，实行却很困难。齐先生之于国剧是使用了他的毕生精力，看他从年轻的时候热心戏剧起一直到倒在剧院里，真是始终如一地生死以之。他搜求的资料是第一手的，是从来没经人系统地整理过的，此中艰辛真是不足为外人道，而求学之乐亦正在于此。齐先生的这种专精精神，是可以做我们的楷模的。

享受生活随遇而安

齐先生心胸开朗，了无执着，所以他能享受生活，把生活当作艺术来享受，所以他风神潇洒，望之如闲云野鹤。他并不是穷奢极侈地去享受耳目声色之娱，他是随遇而安地欣赏社会人生之形形色色。他有闲情逸致去研讨"三百六十行"，他不吝与贩夫走卒为伍，他肯尝试各样各种的地方小吃。有一次他请我们几个人吃"豆腐脑"，在北平崇文门外有一家专卖豆腐脑的店铺，我这北平土著都不知道有这等的一个地方，果然吃得很满意。他的儿媳黄媛珊女士精于烹调，有一部分可能是由于齐先生的指点。齐先生生活丰富，至老也不寂寞。他有浓烈守旧的乡土观念，同时有极开通的自由想法，看看他的家庭，看看他的生活方式，我们不能不钦佩他的风度。

老成凋谢，哲人其萎，怀想风范，不禁唏嘘！

一个人难得在"才、学、品"三方面都出色

夏济安先生在出国的前一天来看我，告诉我他明天动身飞美。饯行是来不及了。我问他几时回来。他眨眨眼，把身体移到椅子的边缘上，吞吞吐吐地说："别人问我，我都回答说半年后回来，梁先生问我，我得讲实话，我不回来了，能够不回来我就不回来了。"我听了并不太吃惊，因为我早已听说他有这样的意思，但是我当时还是怔了一下，勉强地说："在那边多住一些时也好，还是希望你早点回来。"就这样分别了。

三年前我在西雅图遇到他，风采依旧。他问我来此何为，我说："前来抓你，押解回国。"他好像很吃惊，连忙说："此处不是谈话处，等一下我请你吃饭。"他开着汽车载着我和马逢华先生到中国城一家餐馆去，我在途中说："你自己开车，不知保过寿险否？请你注意，我可是没有保寿险。"这是笑话，他其实开车很稳当。席间他把他近来的生活状况约略告我，我觉得他生活大致安定，应该为他高兴。匆匆别后就没有再通过音讯。

想不到没有几年的工夫，济安先生遽做九泉之客！他信守诺言，真个不再回来了！

我和济安先生缔交是在台湾。一九五六年秋间他主编《文学杂志》，往来始勤。一个人难得在"才、学、品"三方面都能出众。济安先生既不写

诗，亦不写小说，但是看他写的批评文字就可以看出他卓有见识，并不俯仰随人，这就是才气。他住在温州街的学校宿舍里，斗室之内，獭祭殆满，直令人无就座处。检其左右鳞次的图书，则中西兼蓄。看这间屋子就知道这屋子的主人是怎样的一个学人。济安先生无家室之累，居恒喜欢饮宴，风流倜傥，好整以暇，有"游于艺"的风度，但是和他相处较久的人都知道他宅心忠厚，待人以诚。他说话有一点口吃，但是在熟朋友之间嬉笑谑浪，他有他的风趣。自古以来，患口吃的有时文笔特别好，例如韩非子，《史记》就描写他说："为人口吃，不能道说，而善著书。"在英国近代文人中有高尔斯密，说话时嗫嚅不能出诸口，而才笔绝世。济安先生在朋友群中是很有人缘的一位。

《文学杂志》在第一卷第一期的卷末《致读者》一文是济安先生的手笔。《文学杂志》是台湾极少数的纯文艺杂志之一，可惜没能维持太久，我手边还存留了一套残缺不全的《文学杂志》，偶再翻阅，觉得济安先生主编这个刊物实在费了不少力量。《致读者》一文是表白他编辑的旨趣，节录纲要如次：

> 我们不想在文坛上标新立异，我们只想脚踏实地，用心写几篇好文章。……
>
> 我们虽然身处动乱时代，我们希望我们的文章并不动乱。我们所提倡的是朴实、理智、冷静的作风。
>
> 我们不想逃避现实。……
>
> 我们不想提倡"为艺术而艺术"。……
>
> 我们认为：宣传作品中固然可能有好文学，文学不可尽是宣

传，文学有它千古不灭的价值在。

　　我们并非不讲求文字的美丽，不过我们觉得更重要的是：让我们说老实话。

　　孔子的道理，在很多地方，将是我们的指南针。因为我们向往孔子开明的、合理的、慕道的、非常认真可是又不失其幽默感的作风。

　　话说得很平正，也很含蓄。说穿了即是一面反对逃避，一面不肯沦为宣传。这虽然不算高调，却是天下滔滔中不常听到清醒的呼声。从事文学工作，不能学时髦，不能凑热闹，不能视为一种工具而去追求急功近利，文学家多多少少总有些孤特之处。世间最骇世震俗之事莫过于"说老实话"，最滑稽最可笑者亦莫过于"说老实话"。济安先生主编《文学杂志》以"说老实话"为标榜，用心深矣。

　　可惜杂志如昙花一现，人亦如昙花一现。但是三千大千世界中又有哪一事物不是昙花一现呢？

悼朱湘先生

他的志行高洁是值得我们尊敬的

　　偶于报端得知朱湘先生死耗，但尚不知其详。文坛又弱一个，这是很令人难过的。我和朱先生幼年同学，近年来并无交往，然于友辈处亦当得知其消息，故于朱先生平素为人及其造诣，亦可以说略知一二。朱先生读书之勤，用力之专是很少见的。可惜的是他的神经从很早的时候就有很重的变态现象，这由于早年家庭环境不良，抑是由于遗传，我可不知道。他的精神变态，愈演愈烈，以至于投江自尽，真是极悲惨的事。关于他的身世遭遇理解最深者在朋友中无过于闻一多、饶子离二位。我想他们一定会写一点文字，纪念这位亡友的。

　　在上海《申报·自由谈》（十二月十七日、十九日）有两篇追悼朱湘先生的文章略谓："他的死，可说完全是受社会的逼迫。固然，他的性情，不免孤僻，这是他的一般朋友所共知，不过生活的不安，社会对他的漠视，即是他自杀的近因，他不知道现在社会，只认得金钱，只认得势利，只认得权力，天才的诗人，贫苦女士，在它的眼下！朱湘先生他既不会蝇营狗苟，亦不懂得争权夺利，所以在这黑暗的社会中，只得牺牲一生了。我恐怕现在在社会的压迫下，度着困苦的生活，同他一样境遇的，还不知道有多少呢！朱湘先生之自杀，正是现代社会黑暗的反映，也正是现代社会不能尊重文人的

表现。"（余文伟）

"这件事报纸上面好像没有什么记载，其实是很值得注意的，因为他的意义并不限于朱湘一个人。这位诗人的性情据说非常孤傲，自视很高。据他想象他这样一个诗人，虽然不能像外国的桂冠诗人一样，有什么封号，起码也应该使他生活得舒服一点，使他有心情写诗，可是这个混乱的中国社会，不但不给他舒服的生活，而且简直不给他生活，这样冷酷他自然是感到的。他不能认识社会，了解社会，既不承认能够纵容他，把他像花草一样培养起来的某种环境已经崩溃，更不相信那个光明灿烂的时期真会实现，所以他只看到一片深沉的黑暗。这种饮命的绝望，使他没有生活下去的勇气，使他不得不用自杀来解决内心的苦闷。朱湘已经死了，跟他选上这条死路的，恐怕在这大批彷徨践路的智识群中，还有不少候补者吧。"（何家槐）

这两位作者认定朱先生之自杀"完全是受社会的逼迫"，这个混乱的中国社会，"简直不给他生活"。对于死人，照例是应该说好话的。对于像朱先生这样有成绩的文人之死，自然格外地值得同情。不过，余何两位的文章，似乎太动了情感，一般不识朱先生的人，读了将起一种不十分正确的印象，就以为朱先生之死，一股脑儿地由"社会"负责。

中国社会之"混乱"自然是一件事实，在这社会中而要求"生活得舒服一点"的确是不容易。不过以朱湘先生这一个来说，我觉得他的死应由他自己的神经错乱负大部分责任，社会之"冷酷"负小部分责任。我想凡认识朱先生的将同意于我这判断。朱先生以"留学生""大学教授"的资格和他的实学而要求"生活得舒服一点"不是不可能的。不幸朱先生的脾气似乎太孤高了一点，不客气地说，太怪僻了一点，所以和社会不能调谐。若说"社会"偏偏要和文人作对，偏偏不给他生活，偏偏要逼他死，则我以为社会的

"冷酷"，尚不至于"冷酷"至此！

文人有一种毛病，即以为社会的待遇太菲薄。总以为我能做诗，我能写小说，我能做批评，而何以社会不使我生活得舒服一点。其实文人也不过是人群中之一部分，凭什么他应该要求生活得舒适？他不反躬问问自己究竟贡献了多少？譬如，郁达夫先生一类的文人，报酬并不太薄，终日花天酒地，过的是中级的颓废生活，而提起笔来，辄拈酸叫苦，一似遭了社会的最不公待遇，不得已才沦落似的。这是最令人看不起的地方。朱湘先生，并不是这样的人，他的人品是清高的，他一方面不同污合流地摄取社会的荣利，他另一方面也不嚷穷叫苦取媚读者。当今的文人，最擅长的是"以贫骄人"，好像他的穷即是他的过人长处，此真无赖之至。若以为朱先生之死完全由于社会的逼迫，岂非厚诬死者？

本来靠卖文为生是很苦的，不独于中国为然。在外国因为读书识字的人多，所以出版事业是盈利的大商业，因之文人的报酬亦较优厚，然试思十八世纪之前，又几曾听说有以卖文为生的文学家？大约除了家中富有或蒙贵人赏拔的人才能专门从事著述。从近代眼光看来，受贵人赏拔是件可耻的事。在我们中国文人一向是清苦的，在如今凋敝的社会里自然是更要艰窘。据何家槐君所说：

> 他的文章近几年来发表得很少，而且诗是卖不起钱的，要想靠这个维持生活真是梦想。听说有家杂志要他的诗稿，因他要求四元一行，那位素爱揩油的编辑就很生气地拒绝刊登。

我所怪的不是编辑先生之"拒绝刊登"，而是朱先生的"要求四元一行"，当然那位编辑先生之"很生气"是大可不必的。文学只好当作副业，并且当作副业之后对于文学并无妨。有些诗人以为能写十行八行诗之后便自命不凡地以为其他职业尽是庸俗，这实在是误解。我们看古往今来的多少文学家，有几人以文学为职业？当今有不少的青年，对于文学富有嗜好，而于为人处世之道遂不讲求，这不是健康的现象。我于哀悼朱湘先生之余，不禁地想起了这些话说。

朱先生之死是否完全由于社会逼迫，抑是还有其他错综的情形，尚有待于事实的说明，知其是精神错乱，他自己当然也很难负责，只能归之于命运，不过精神并未错乱的文人们，应该知道自爱，应该有健康的意志、理性和毅力，来面对这混乱的社会吧！

还有一点，写诗是和许多别种工作一样，并不见得一定要以"生活舒服一点"为先决条件的，饿了肚子当然是不好工作的，"穷而后工"也不过是一句解嘲的话。然而，若谓"生活得舒服一点"以后才能"有心情写诗"，这种理论我是不同意的。现下的诗人往往写下四行八行的短诗，便在后面缀上"于莱茵河边""于西子湖畔"，这真令人作呕。诗是在什么地方都可以写的，不必一定要到风景美的地方去。诗在什么时候都可以写的，不必一定要在"舒服"的时候。所谓"有心情写诗"，那"心情"不是视"舒服"与否而存减的。诗人并没有理由特别地要求生活舒适。社会对诗人特别推崇与供养，自然是很好的事，可是在诗人那方面并不该怨天尤人地要求供养。要做诗人应先做人。这并非是对朱湘先生的微词，朱湘先生之志行高洁是值得我们尊敬的，他的自杀是值得我们哀悼的。不过生活着的文人们若是借着朱先生之死而发牢骚，那是不值得同情的。

明辨是非，坚忍不拔

道藩先生于一九三〇年在青岛任国立青岛大学教务长，住家在鱼山路一个小小的山坡上，我是他的邻居，望衡对宇，朝夕过从。我到他家里去拜访，看见壁上挂着他的油画作品，知道他原来是学美术的。校长杨振声先生私下对我说："道藩先生一向从事党务工作，由他来主持教务，也可以加强学校与中央的联系。"这话说得很含蓄。

青岛虽然是个有山有水的好地方，但是诚如闻一多所说，缺少文化。何以解忧，唯有杜康。我们几个朋友戏称为酒中八仙，其中并不包括道藩，部分原因是他对杯中物没有特别的偏爱。他偶然也参加我们的饮宴，他也能欣赏我们酒酣耳热的狂态。他有一次请假返回贵州故乡，归时带来一批茅台酒，分赠我们每人两瓶。那时候我们不曾听说过茅台的名字，看那粗陋的瓶装就不能引起好感，又据说是高粱酿制，益发不敢存奢想，我们都置之高阁。是年先君来青小住，一进门就说有异香满室，启罐品尝，乃赞不绝口。于是，我把道藩分赠个人的一份尽数索来，以奉先君。从此我知道高粱一类其醇郁无出茅台之右者。以后茅台毁于兵燹，出品质劣，徒有其名，无复当年风味。

一九三一年，九一八变起，举国惶惶。平津学生罢课南下请愿，要求对日宣战，青岛大学的学生也受了影响，集队强占火车，威胁行车安全。学校当局主张维持纪律，在校务会议中闻一多有"挥泪斩马谡"的表示，决议开除肇事首要分子。开除学生的布告刚贴出去，就被学生撕毁了，紧接着是包围校长公馆，贴标语，呼口号，全套的示威把戏。学生由一些左派分子把持，他们的集合地点便是校内的所谓"区党部"，在学生宿舍楼下一间房里。学校里面附设党的组织，在国内是很平常的事，有时也会因此而和学校当局龃龉。胡适之先生在上海中国公学时，就曾和校内党部发生冲突。区党部和学校当局分庭抗礼，公然行文。青岛大学的区党部情形就更进一步了，"左倾"分子以党部为庇护所，制造风潮，反抗学校当局。后来召请保安警察驱逐捣乱分子，警察不敢进入党部捉人。这时节激怒了道藩先生，他面色苍白，两手抖颤，率领警察走到操场中心，面对着学生宿舍，厉声宣告："我是国民党中央委员，我要你们走出来，一切责任我负担。"由于他的挺身而出，学生气馁了，警察胆壮了，问题解决了。事后他告诉我："我从来不怕事，我两只手可以同时放枪。"我们都知道，如果没有他明辨是非坚忍不拔的精神，那场风波不容易那样平复下去。

他在青岛大学服务不久，被调往浙江任教育厅长。我下一次看见他是在南京，他所创办的国立戏剧专科学校（编者注：以下简称"国立剧专"）第一届毕业生公演《威尼斯商人》，我应邀请前去参观。道藩先生对于戏剧的热心是无以复加的，几十年来未曾稍杀。国立剧专在余上沅先生主持之下办得有声有色，但是在背后默默做有力支持的是道藩先生，这件事我知道得最清楚。

抗战军兴，我应聘参加国民参政会，由香港转到汉口，这时候道藩先生任教育部次长，在汉口办公，因此几乎每天晚上我们都有机会见面。道藩先生很健谈，喜欢交游。有一天他告诉我，马当失守，政府决定迁往重庆，要我一起入川。教育部设教科书编辑委员会，道藩任主任委员，约我担任中小学教科书组主任，于是我衔着这使命搭乘国民参政会的专轮到了重庆。中小学教科书的供应在当时是一个大问题，因为时势变迁，旧的已不适用，非重编重印不足以应后方之需要。抗战前，杨振声先生受国防会议之托主编了一套中学教科书，尚未竣事，其中包括有沈从文编辑的国文、吴晗的历史等，虽然也很精彩，仍嫌不合时代要求，我担任这个职务，虽是完全义务性质，深感责任重大，幸赖道藩先生的领导及副主任李清悚先生的全力主持，得以应付了抗战时期后方中小学的需要。

教科书编辑委员会因敌机轰炸疏散到北碚后，改由许心武先生任主委，后又并入了国立编译馆。于是我和编译馆开始发生了关系。道藩先生常来北碚，在北碚对岸黄桷树的复旦大学有他不少朋友。如孙寒冰、但荫荪、梁宗岱、吴南轩诸位。蒋碧微女士虽然服务于国立编译馆，却卜居在黄桷树。由重庆到北碚，汽车要走两小时。由北碚到黄桷树，要搭小木船渡过激流的嘉陵江。道藩先生便这样风尘仆仆地无间寒暑地度他的周末，想嘉陵江边的鹅卵石和岸上青青的野草都应该熟悉了他的脚步声。

在台湾，道藩先生主持文奖会，参加审稿的有王平陵、赵友培、侯佩尹等几位，我亦会滥竽其间，平日分别阅稿，每月集会一次。这个组织虽嫌基金太少，但是起了不少的号召作用，多少作者获得了鼓励。其中绝对没有私心，没有门户之见。文奖会结束之后，他曾兴奋地对我说："我得到了一项支援，将创建一座小型剧院。"不幸他困于胃病和失眠，体力日衰，此事竟无下文。

道藩先生最后一次公开露面是在去年《莎士比亚全集》译本出版庆祝会上，他即席致辞，精神还很愉快，但病象已深，不匝年而终于不治。数十年来他待我甚厚，谈笑如昨，遽成九泉之客，临文悼念，为之黯然。

一副邋遢相，但有才气，生性诙谐，一肚皮笑话

卢前，字冀野，南京人，年与我相若。

他体肥，臃肿膨脝，走不了几步路就气咻咻然，年纪轻轻就蓄了稀疏可数的几根短须。人皆称之为胖子，他不以为忤，总是哼哼两声作鹭鸶笑。有时候他也会无缘无故地从喉咙里发出呼噜呼噜的声音。他的衣履从来是不整齐的，平日是一袭皱褶的长袍。项下纽扣忘记扣起乃是常事。破鞋破袜上面蒙着一层灰土。看他那样子，活像是江湖上卖卜看相一流的人士。

他是南京国立东南大学的高才生，吴梅（瞿安）先生的得意弟子。我在民国十一二年（编者注：1922—1923年）间就认识他。那一年我路过南京，顺便拜访时常通信而尚未晤面的胡梦华先生，他邀了卢冀野和我一同相会，喝高粱酒，吃花生豆腐干，那时候我们都还是大学未毕业的学生，意气甚豪。我当时就觉得这个胖子不是一个寻常人。别瞧他一副邋遢相，他有才气。不知是别人给他的封号，还是他自己取的，号称"江南才子"。

南京一会，匆匆几年过去，我从美国归来在南京东南大学执教，他来看过我几次，依然是那样的风采。

抗战期间我们在四川见面，往来较多。他在北碚国立礼乐馆为编纂，

制礼作乐，分为二组，他掌管礼组。馆长是戴传贤先生，副馆长为顾毓琇先生，都是挂名遥领，实际上在抗战期间还有什么闲情逸致来制礼作乐？我戏问他："吾闻之：'修身践言，谓之善行，行修言道，礼之质也。'先生何行何道，而敢言礼？"他嘿嘿一笑，说："你不知道吗，'礼失而求诸野'。"因此他把他居住的几间破房子题作"求诸室"。礼乐馆办公室楼上住着三个人，杨荫浏先生，杨仲子先生，杨宪益先生。冀野就说："此三阳开泰也，吉。"

冀野在国立编译馆兼任编纂，参加大学用书编辑委员会，但是实际工作是请了两名本地刻书的工人，由他监督刻木板。经馆方同意，刻一部《全元曲》，作为《全宋词》的姊妹篇。这工程浩大，一天连写带刻可以完成两页，可是累积起来一年可以完成七百多块木板，几年便堆满一间屋。这种古色古香的玩意儿，于抗战烽火连天中在后方慢慢地进行。胜利时工作尚未完成，那堆木板不知是否逃过了当柴烧的一厄？于刻元曲之外，冀野也因此乘便刻了几部他私人所喜爱的词曲，名之为《饮虹簃丛书》。

冀野膺选为国民参政会参政员，他很高兴，大襟上经常挂着参政会的徽章，出入编译馆礼乐馆，大家为之侧目。他有一天对我说："参政可矣，何必加一'员'字？历宋元明清均置参政，不闻称员，民初亦有参政院，皆称参政。今加员字，反为不美。"我告诉他："此会乃临时性质，既称会，其组成分子当然是员了。老兄真有意参知政事耶？"他笑而不答。第三届参政会他未获连任，意殊怏悒，李清悚先生调侃他说："先生名卢前，今则成为卢前参政员矣！"

参政会组华北慰劳视察团，冀野与我均被派参加，因此我们有两个月的共同起居的机会。他生性诙谐，一肚皮笑话，荤素皆备，关于他下巴颏上的几根骚羊胡子就有十个八个，不知他是怎么搜集来的。他爱吐痰，关于吐痰的又有十个八个。我们到了西安，我约他到菊花园口厚德福吃饭，我问他要吃什么，他说："一鸭一鱼足矣。"好，我就点了一只烤鸭一条酱汁鱼。按说四五个人都吃不了，但是他伸臂挽袖，独当重任，如风卷残云，连呼："痛快，痛快。"他的酒量甚豪，三五斤黄酒不算回事。

我们由西安到洛阳去，冀野、邓飞黄和我三个人在陕县下车，自告奋勇，渡黄河上中条山。事前李兴中师长告诉我们，到中条走一遭，九沟十八坡，只能骑马，山路崎岖，形势很险，要三四天的工夫。我们年轻胆壮，贾勇出发。在茅津渡过河之后就要骑马。冀野从来没有骑过马，而军中马匹都是又小又瘦的那种类型，而且不是顶驯顺的，冀野的块头大，经马夫扶持勉强爬上马背，已经有摇摇欲坠之势。拍照之后，一声吆喝，马队开始前进。没走几步遇到一片酸枣林，下有积水，随行的马夫绕道步行，这时候冀野开始感到惶恐，马低下头去饮水，使得他搂着马的脖颈锐声大叫，这一搂一叫不打紧，马惊了。一马惊逸，所有的马跟着狂奔。冀野倒卧在地，我在马上只听得耳畔风声呼呼地响，赶紧低头躲避多刺的枣枝。邓飞黄从后面追赶上来对我呼喊："不要怕，夹紧两腿，放松缰绳！"我的马跳跃一道土沟时我被颠落在地上了。邓飞黄也自动地滚鞍下马。几匹马摔掉了鞍辔跑得更快，一口气奔回营部。营部的人看到几匹失鞍的识途老马狼狈而回，心知不妙，立即派人救援，只见我们三个在荒野中跟跄缓步。当晚过夜，第二天营部人员说我们要开始爬山，鉴于冀野肥胖过人，特别给他备了一匹骡子，比较稳定而且能载重，不料骡子高大，他爬不上去，几个人推送也无法上去，最后找到路边一块巨石，让他站在石上，几人搀扶之下才跨上了骡背。入山不久，冀野在骡背上摇摇晃晃，大汗淋漓，浑身抖颤如肉冻，无法继续前进。

三人会商，决定派人送他回去。于是他废然单独折返。后来我在他的房间墙上看见挂着一帧放大的照片，他题字曰：卢冀野马上之雄姿。

冀野才思敏捷，行旅中不忘吟诗作曲。每到一处，就寝前必定低声地摇头晃脑苦吟一阵，拿出随身携带的纸笔砚墨，多半是写一阕曲子，记述他一天的见闻感想。我问他为什么偏爱作曲，较少诗词。他说，曲的路子宽，像是白话，正字之外可加衬子，韵也较宽，东冬、江阳等皆合并，四声亦可通押，应该算是很进步自由的诗体。我也相当同意他的看法。不过曲在平仄和音韵上很有讲究，和音乐歌唱不可分离，亦非易工之事。他于此道确是造诣甚深。

胜利后大家纷纷还乡，他也回到了南京。他对南京有无比的热爱。胜利之初大家偶尔议论将来首都所在是否还是虎踞龙盘的南京，有人说北平较胜，也有人说西安不错，谁若是说起历来建都南京者皆享祚不久，他必红头涨脸地愤形于色。我还乡路过南京，他特邀我和李清悚等到南门外一家回族馆吃他吹嘘已久的什么糟蒸鸭肝。他叹一口气说："不是从前的味道了。"

此后时局变化，我们失去联络。听说他在南京很忙，任监察委员、大学教授、保长。有人问他："保长之事何劳先生费心？"他说："这你就不懂了，保甲长是真正亲民之职，尤其是有关兵役等，保甲长一言九鼎，关系重大。等到逢年过节，礼物上门，堆积如山……"他就是这样地天真。

更天真的事，是他以为在参政会与某某有杯酒之欢，与某某有一日之雅，时局无论怎样变化，没有人会为难他。他这一估计错误了，而且是致命的错误，他的监察委员、大学教授、保长一系列的职位都失掉了，他被派给的新任务是扛着梯子提着糨糊桶在高墙上贴标语！据说他曾赋有一诗，内有"安排马列三千册，红旗插遍紫金山"之句，如今果然参与了贴标语的行列。只是太肥胖，执行这个工作时的狼狈，是可以想象的。于是，由于沮丧、劳苦、悲愤，他被折腾死了！

我四十岁生日，冀野写了一首长调赠我，写在一张灰色草纸上，现已遗失。他的墨迹现在保存在我手边的只有一首七绝，题在我三十八岁生日纪念册中，诗曰：

> 雅舍生涯又五年，册中名氏阙卢前，
> 岁寒松柏支天地，金石盟心志益坚。
>
> 求诸室主人前并记
> 癸未秋暮为实翁补题三十八初度书画册

诗是临时构想，一挥而就。他未带图章，借用我一颗闲章，"言而有信"四字。

悼念陈通伯先生

不轻发言，言必有中

我初识通伯先生是在民国十五年（编者注：1926年）夏，那时候他正在《现代评论》上写《闲话》，和鲁迅先生打笔墨战正殷。鲁迅的文笔泼辣刻薄，通伯的文字冷静隽雅，一方面是偏激侥幸，一方面是正人君子。翌年新月书店在上海成立，《西滢闲话》一直是新月的一部畅销书，不仅内容丰富，其文笔之优美也是引人入胜的。通伯惜墨如金，《闲话》之后搁笔甚久，新月陆续给他印了《梅立克短篇小说集》和《少年歌德之创造》。最善催稿挤稿的徐志摩遇到通伯也无法可想。《新月》杂志上只发过他两篇通讯。他就是这样的一个人，有话说时他可以滔滔不断地讲，没有话说时他宁可保持沉默。不轻发言，言必有中。

通伯在海外甚久，我们难得一面。他和叔华都曾回过台湾，晤谈甚欢。我提议在台湾把《闲话》重印，他欣然同意，并且答应我寻觅原书影印。后来他果然从大英博物院图书馆借到原书，删除其中一部分，由我洽商书店影印行世。他要我撰写序文，我义不容辞地写了。删去的一部分，其实是很精彩的一部分，只因事过境迁，对象已不存在，他认为无须再留痕迹，这是他忠厚处。以视"临死咽气的时候一个敌人也不饶"的那种人，真不可同日而语了。

通伯在海外的生活，精神上相当苦痛，老病之身和横逆的环境抗争，国内的人士很难体会其中的艰苦。叔华告诉我他在巴黎大使馆独力支撑危局的情形，令人听了心酸。通伯退休后，如果不是因为多病，早已返国定居，不料一代文宗，遽做九泉之客！彩云易散，天道宁论！

附录

余情能寄

梁实秋给韩菁清的情书

凡是真正的纯洁的爱，绝大多数是一见倾心的

七

菁清：

凡是真正的纯洁的爱，绝大多数是一见倾心的，请注意这个"见"字。谁说"爱情是盲目的"？一点也不盲。爱是由眼睛看，然后窜入心窝，然后爱苗滋长，然后茁壮，以至于不可收拾。否则怎能有"自投罗网""自讨苦吃"（编者注：韩菁清在给作者的信中，形容他们之间恋情说："我'自投罗网'，你'自讨苦吃'。"）的情势发生？莎士比亚有一短歌，大意是说"爱从哪里生长？从眼睛里——"我起先不大以为然，如今懂了。

昨晚我很后悔，没有送你回去，外面下着蒙蒙细雨，相当凉，又是一个凄清的夜，我怎么那样地糊涂放你一个人回去？你去后我辗转不能入睡，唯盼今天早点能在电话里联络。

你给我的药，我已遵照你的意思吃了，一部分是为了我自己，更大一部分是为了使你高兴。

昨晚我们一起消夜，在我是生平第一次。你知道我的生活是拘谨朴素的，几曾深更半夜地在外面吃清粥？为了你，我亲自体验一下你平常生活

方式的一部分实况，我打起精神喝了三碗粥。有你在我身畔，我愉快到了极点，可是我也感慨万千，其中的甜酸不必细说，那一杯又酸又甜的梅子茶最足以代表我心头的滋味。你看见我呆呆的一言不发，其实我心里有千言万语。你说那梅子茶可助消化，可是也勾起伤心人的无限伤心！你知道么，亲亲？

你在社会上名气太大，几乎无人不知，难免不受盛名之累。我决定用我的笔写出一个真实的韩菁清的本来面目，这事不简单，要你和我彻底合作，写成之后那将是我们两个的第一个宁馨儿。你愿意不？

梁实秋

一九七四. 十二. 九. 晨六时

二〇

菁清：

我今天好像是有许多许多话要对你说，但又不知说些什么好，又不知怎么说，更不知应否写在纸上。我刚冲了一杯苦苦的咖啡，吃了几片饼干，心神稍定，还是要写几个字给你，因为我知道你要看我的信。

西谚有云："施者比受者有福。"但是我问你，在一对深深相恋的人之间，谁是施者，谁是受者？你能分辨出来吗？我不能。亲亲，我要求你仔细思量的事，现在我要求你莫再思量。镜子上写的字，已成陈迹，你不肯揩掉它，也许你有你的理由，我当然不敢勉强你，虽然我不免胡思乱想。你说我想得太多，是很多，但不太多。难道你在爽朗的笑声背后不常陷入于沉思么？

我写此信时，遥想你正在酣眠，像是一朵花在夜晚敛起它的花瓣，静静地散发它的缕缕的芳香。没有一丝的风吹拂你，没有一只蜂蝶趋附你，有无数天使在呵护你，给你平安，甚至于我的灵魂也被摈斥，不准擅入你的梦中。

再过三小时我就又可以和你相晤，你要我午睡之后再去看你，我只能谢谢你的美意。

我永远是你的梁实秋

一九七四. 十二. 廿三. 晨十时半

二九

我的菁清：

我今天四点半就起来了，只睡了四小时。我答应你睡六小时，但事实上不可能。我习惯是一觉睡四小时，若心里没事则可再睡两三小时，否则辗转反侧不能再眠，不如索性起来。

你昨天说，某某人在婚前给他所爱的人剥橘子，婚后就不剥了。我当时听了一惊，只呵了一声。婚前婚后一个人可以判若两人，世俗的人确是如此，因为他的爱的出发点是自我中心的，自己得到满足，当然不再有所追求，这是近情近理的事。若他的爱是使对方满足，则他将永久地"若有憾焉"，永久地效忠，永久地不变。这样的爱才是真爱。真爱的人希求的不是自我满足，是心里的幸福。幸福是比自我满足更高的境界。你说对么？

日子过得太快，好可怕。我们在暂别之前怎样珍视我们的时间呢？无论如何加以珍视，时间还是毫不容情地逝去！时间是人类最大的敌人。但是有

你单独地和我在一起，我就忘了时间，一刹那无异于永恒。我们已经尝过好
多次的永恒，我们也可以无怨了。

你的梁实秋

一九七五.　一.　二.　晨五时

四二

No. 5

爱人：

昨夜我果然睡得很好，约六七小时，这是受你之赐。你的一封信和一张
卡片驱走了我的不少的烦虑，使我安然地入眠。不知道我写给你的信是否也
有同样的功用。爱，你写的信实在是很好，比我写得好。你的信不但真挚，
而且有才气闪烁于字里行间。你的字我也喜欢，潇洒妩媚兼而有之。这不是
盲目的称赞，是我真实的感受。

菁清，我这里好冷。雪后连下了三天的雨，雪已不见踪影，到处湿漉漉
的，天上是阴沉沉的，这样的天气要继续很久。可是我的心里是温暖的，因
为你占据着我的心。我一点儿都不夸张地说，我随时随刻地想着你，有时我
情不自禁地对着我的女儿说"韩小姐……韩小姐……"，她就笑我。她一定
是在笑我为什么整天提到韩小姐。爱，我真想有一个人来和我谈谈你，胡姐
也好，小胖子也好，谢妈妈、田妈妈也好，只要是认识你的人，我都会觉得
亲切。我爱的是你一个人，但是附带着我对你周围的人也有好感。老实说，
凡与你有关的一切对我来说都不生疏，你的房子我喜欢，你那乱七八糟的梳
妆台、抽屉、衣柜……都使我觉得称心如意！有一桩事你也许没注意，你给

我的那把牙刷成了我的恩物，每次使用我都得到极大的满足。我要永久使用它，除非你再给我一把。

爱，我的工作尚未继续开始，心里不安，打算腊八过后重拾旧业，我相信你会愿意我努力工作。你鼓励我，爱，没有你的鼓励我任何事也做不下去。

在我们这短暂离别期间，我也愿你打起精神做一些你愿做的事，要练习写字就立刻开始，要写东西也可以，我若知道你已开始专心做某一种事，我会高兴的。爱，你有才，你聪明，你做什么都能做得好。我愿你集中精力做一两件事，你必有成就，否则是我瞎了眼！

亲亲，你能接受我的请求么？如果你不知道从何开始，我建议你先试读莎士比亚的《十四行诗》。你会喜欢的，尤其是你想想那是我费心血译出的。我真无限光荣能得有你这样的一个忠实读者，那真是我万也想不到的殊荣！等我回去之后，我要每天陪你写字，因为我也有此嗜好。

一九七五. 一十五. 晨五时

等你的第二封信，邮差老不来，故先将此信付邮，免劳你等候。

爱人，好好保重，冬天来到，春天还会远么？

你的秋

一九七五. 一. 十五. 晨十时半

六八

No. 31

清清，我最爱的小娃：

送30号信到邮局去，路上遇到信差，得到你的27号信。好奇怪，你忘记了加封，信封口上的那一条胶水显然是没有舐过的样子。看信的内容，好像你这两天很慌的样子，你自己也说"精神恍惚"。喂，你怎么了，我的乖？我好担心你，我怕你有什么不适。你如果有什么不愉快，一定是直接地或间接地与我有关，你想我心里该是如何地难过！有一次你来信说"心情开朗"，我喜欢得心花怒放，如今你说"精神恍惚"，我又一下子坠入了阴霾。一封信来回约十天，与当面对谈的滋味不同。你说是不是？

昨夜醒来，开灯看宋词，女诗人李清照给她丈夫写的一首《一剪梅》：

> 红藕香残玉簟秋。轻解罗裳，独上兰舟。云中谁寄锦书来？
> 雁字回时，月满西
> 楼。
> 花自飘零水自流。一种相思，两处闲愁。此情无计可消除，
> 才下眉头，却上心头。

我低吟之下深受感动。情人送别，千古同慨。清清，佛家所谓八苦，其中有两项：一是"爱别离"，一是"怨憎会"，意为自己爱的人，偏偏不得见，自己憎恶的人，偏偏要会面。我们如今就是在尝这两种人生的苦！如此人生，怨谁？

爱，我今天与文蔷深谈，我把你的身世和为人都详细地说了，她大受感动，落下了泪，当然我也是泣不可抑。最后她说："爸，你写信告诉韩小姐，这世界上至少是有两个人爱护她，支持她，一个是你，一个是我。"她又说，"如果胡姐是她的知己，她也应该支持她。"我和蔷都一致感叹，这社会是太残酷了。文蔷是站在妇女解放运动的立场，她根本不承认女人应该进厨房，根本否认女人应该伺候男人。清清，你来信说："除了给你温暖甜蜜快乐和善良的爱心之外，可说我一无所长，一无可取。"我告诉你，我要的就是这个，我要的就是你的爱心。你爱我，我满足了。我这个人，和你一样，只有感情，除了这一份情之外，也是一无所有，一无所长呀！社会上一般人捧我，说我这个，说我那个，其实瞎扯淡。我有自知之明，我只有一腔的情爱，除此以外我根本等于零。如今我把所有的爱奉献给你，你接受了，而且回赠给我同样深挚的爱——人生到此，复有何求？

　　此信到时应该是阴历年除夕，我猜想你家里一定有几个孤苦无告的人陪着你度此良宵，也许又是谢妈妈把你拖了去。如果是到谢府去，盼你千万不可喝酒，一滴也不喝，我深信你会听我的话。有人说你很有经验，我说你很天真。我没有见过一个人的心有你这样直爽而纯洁！因此我就格外地不放心。

　　遗憾的是我不能陪你过年。其实我根本不喜欢什么年和节的。我最忌跟着别人走，我要独立，我想哪一天过年过节就在哪一天过年过节。在任何方面我都是愿意特立独行。所以，你看，我几十年来，在社会上我总是独来独往，落落寡合。什么会，什么团体，我都不参加。有时因此得罪人。爱，你在影歌界周旋了好多年，至今没有一个圈子里的人是朋友，这一点是极难能可贵的。你喜欢交往的，一个是胡姐，一个就是我。可算是物以类聚，人以群分。话说回来，你阴历年是怎样过的，告诉我。按旧习惯，过年是不到别人家去的，一定要关起门来自家享受。当然，无家可归的孤魂野鬼另当别论，可以附在别人的家里去暂时一乐。我自己么，在文蔷家里根本没有旧历，孩子们都已变成了"洋鬼子"，阴历年免谈。我独自在房里，却不免在这节日回忆以往，悬想你在台湾的情况，长叹而已。

二月六日上午十一时

下午二时半专差送来二月二日写的26号快信。26号码重复了，而且27号上午到，26号下午到，邮局一塌糊涂，大概是我们的信太多，邮差也冲昏了头。刚刚让你欢喜一阵子，说是三月一日回去，如今又展期半个月，真对你不起，你要骂我罢？我也是实逼如此，有好多为难的事，否则我早一天飞回去也是好的。

你告诉我在"飞机场上的情绪要先控制一下"，好，我现在就开始控制，你要我怎样我就怎样，"相敬如宾"总可以罢？你要知道，这本是我们梁家的典故。梁鸿娶孟光，相敬如宾，传为美谈。我们至少在飞机场上可以做到这个地步。以后另议。

知道你血压平复，我很高兴。但是你说这是"小毛病"，是不对的，不可忽视这小毛病，因为血压若是常常高上去就有不良影响，盼注意及之。俟我回去，我会陪你去就医，非去不可。我要你维持最好的健康。

今天到附近店铺看保温咖啡杯，没有像样的，改日到大的商店访求，我一定要买一个好的给你，因为那是你的必需品，每天捧出捧进。我要带几瓶没有咖啡碱的咖啡，味道一样，但不伤胃，名为Decaf，在台湾没见过。严格讲，有血压高毛病的人不应该喝咖啡，茶、酒、辣椒、芥末等刺激物，均不宜。你喝惯了，我也不要你一下子戒。

下午四时半

Bobby有信给你了，我很高兴。但是为何在电话里他自承没给你信？难道此信是在接我电话之后写的？不可能那样快。你虽未把信转给我看，其内容我可以猜到一些。他对我们结婚的消息的反应大概不会只是"高兴"二字？好了，他总算有信来了，你可以放心。瞧你急得那个样子，要我打长途电话，人家也是在筹备喜事呀！

你说九号才可以送新沙发来。咦，你已经去买了沙发？是小胖陪你去的？还是我们看过的那一套？你的事情做得太多了，可累么？我心疼你，爱。

你说照片已找出几张你所喜欢的，但是不寄给我了，怕增加行李负担。想来你那几张照片重量一定不轻，至少总有几公斤。我的行李箱，是以吨计的。不寄来也罢，等我回去慢慢地一个人关起门来欣赏。

这两天我屋里也乱七八糟不成样了，因为整理东西真不简单。我不愿一切东西丢下就走，我要弄得清清楚楚交代给文蔷。

二月六日六时

喂，我的那间屋里，请悬挂几张你的照片，用许多张盖满了墙最好。我喜欢在我屋里到处都有你的照片，书桌上、床头，到处都是。希望我一回去就能看到你为我做如此的布置。可以么，人？

你的爱人秋秋

一九七五．二．七．晨五时半邮

等到了上午十点，大批信到，就是没有你的，好失望，失望！

上午十一时冒雨付邮

八二

No. 44

我最亲爱的小娃：

今天收到你的34号信，比35号信迟到一天，怪事。你说拜年不良习俗能免除最好，我完全与你同意。你希望明年内我们一起到处旅行，尤获我心。我的可爱的人儿，我们两个真是情投意合。我最不喜拜年，若是我们两个一起出去玩，有多好？情人们最不喜欢有第三者夹在中间，除非是我们谈得来的人偶然聚在一起。好，我们说话算数，一言为定，下一次过年我们外出旅行。你还记得么，《秋室杂文》里有一篇《拜年》，完全是纪实。

橘黄色沙发实在很好，价钱又不太高，亏你一眼就看准了它。大关夫妇陪你去买，我应感谢他们。

橘黄沙发放在饭厅里一定很好看。你会调配颜色，你会布置。

你说精神恍惚习以为常，我就是不准你习以为常。亲爱的，你叫我不必担心，我不担心谁担心？你说！

我那间小屋，小虽小，但不"可怜"。如果我占用那一小间，我会引以为荣，因为那是你为我布置的。几曾听说过一位小姐亲自为她的未婚夫布置房间？我的福气太大了，我应该受人的嫉妒，我具备为人嫉妒的条件。你的照片盖满我的墙，那有什么滑稽？我才不怕人笑话。老实讲，如果有人能窥见我的心，我的脑，他会发现里面密密麻麻的全是韩菁清的大大小小的倩影。好，你不好意思现在就悬挂照片，也可以。我要求你：在你确知我要回到台北的那一天，你先挂上一张。让我回到你家，第一眼就看到我那小房间里已经有了你的照片在墙上，行么？（如果实在有困难，也就罢了，不必为难。我的请求虽很诚恳，实则也很孩子气！）

机场相见，不可洒泪。我一定可以办到，你放心。热络镜头我也不预备供给记者。我只是在别离时实在忍不住要流泪。所以我上次离开，不要你到机场，因为我有把握，如果你去送我，我会哭成泪人儿。你来机场接我，情形不同。我会高兴得说不出一句话，不会流泪，更不会发抖。喜极而哭也是常见的事，可是我不。你说我"好哭"，我是在你面前哭过好多次，倒在你怀里也哭过好多次，你也陪着我哭过好多次，你知道那是为什么哭么？那是两情相悦到难解难分的程度，遇到困难的或兴奋的情况，不期然而然地滚下的热泪！我的感情不能碰，一碰就颤动，重重的触动就要流出眼泪。我看你也是一样。有一次你哭，我问你为什么，你始终不肯说。我只是默默地用我的嘴唇揾干了你的泪，咸渍渍的。你记得么？

你屡次来信告我："放心，我对你的爱心不变！"我看了好受感动，好舒服，好开心。菁清，我知道你爱我，我深信你的爱心永不改变。你不说我也知道，你说出我更高兴。

有一桩事我不高兴，你又把手指甲咬了个光！我得赶快回去，日夜地监视你。如果你再咬，我也不打你的手，我把我自己的手伸过去请你咬，你咬我好了，咬指甲不够，咬我的肉，咬出了血我也不叫唤一声！我相信，我一回去，你也许就不咬了。可怜的孩子，一定是你心里闷，所以养成了这样的怪毛病。

记住，我的爱人，每顿饭要吃青菜、水果。光是肉类谷类是不行的。你肯吃冰激凌，或牛奶，最好。少吃糖，少吃盐，少吃油，少吃辣椒、胡椒、芥末，少吃茶，少吃咖啡！你看到此地一定大叫："什么都不许吃，还活个什么劲？"不是不让你吃，请少吃，可以么？

敦化南路的房客是不是三月初一定搬走？如果是五号搬走，我十五号才能去，中间十天怎么办？谁去看房？我在幻想，假定我十五号回去，你到机场接我，我想还是先到忠孝东路为宜，因为我的箱子里比较重要的东西如稿件之类以存在你处为宜，敦化南路的房子我不会整天守在那里。等到快要睡的时候，你再赶我出门，我乖乖地走到敦化南路去睡。

我写过一篇短文《路过东京》，投给《联合报》副刊，不知你看见没有？今接陈祖文来函，说看到了，但没说在哪一天。大概是一月底二月初，如可能，请代查一下并请剪寄。还有《中国时报》副刊在岁末或大年初也许登出了我的一文《难忘的年夜饭》，亦不知你见到否？你若是无法找就算了，以后他们也许会寄了来。报馆的人索稿，急如星火，登出来之后并不忙着寄给写稿的人。这就是"人情"。

我收到朱良箴（我的学生）信，他说希望能参加我们的婚礼。陈祖文夫妇也有信说要吃喜酒，并且说："乐哉吾师！"凡是表示要吃喜酒的，将来都少不得要请他们一下。纽约的徐宗涑太太来信说："你有新生了！恭喜你。年龄没有关系，但必须真心相爱，兴趣相合，信仰相同。"我们也合格了，是不是？

胡姐有消息没有？她是个可怜人。我走之后你们见过没有？我想我们的婚事一定会给她带来一些刺激，因为相形之下她太孤寂了。

二月十九日午后二时

你有一次接到我的一封四页的信，你很开心。这一次又是四页，亲爱的人，你快活不？我最大的快乐就是使你快乐。我不能使你快乐，那便是我最大的苦痛。我和你一样，在情感上已到了"忘我"的境界，处处以你为第一，我的心里只有一个你，把自己放在第二位。我对你的爱已接近了宗教热狂的地步！我说"接近"，因为我们两个究竟是有血有肉的人啊。菁清，我们这样爱下去，结果是怎样，我不敢想。

一夜之间下了一场雪，雪又变成了冰，走上去咯吱咯吱响。小娃，你若是在此，你一定喜欢去踏雪，我拉着你，一同去玩，那有多好！我离开你已差不多一个半月了，在此期间，凡是陪伴你的人，老的、少的、男的、女的、丑的、俏的，以至于你床上的两个兔宝宝，我一概嫉妒。因为我离你这样远，不能和你做伴，下次见面，你想我还肯再离开你一步么？我会日日夜夜地缠着你，缠得你喊"烦呐，烦呐！"

你的最忠诚的秋秋

一九七五. 二. 二十. 晨六时

八七

No. 49

我最爱的人：

昨天收到的三帧玉照给了我极大的快乐。一共七张，并排地列在我的书桌上，到睡前便放在床头小几的抽屉里，预备夜间不寐的时候取出观赏。喂，同一天摄的，怎么有几张额前有刘海，有几张又没有？这是文蔷发现的。她问我，我回答不出。她又问：七张照片换七件衣服，照相的人一定要等候良久罢？我说也许是。你在七张里表现的神情，每张不同，但是有一共同点：活泼、有生力、淘气、热情，而且高傲。你有令人无法抵拒的力量，那便是人格，那便是去年十一月廿七日使我像触了电流似的心头一震的根由。我如今静静地回想，我和你的姻缘在那一瞬间已经决定，所以，以后一些人要我"考虑"，都是废话。你最近要我"三思而后行"，还三思什么，八百思也是一样，恋爱的事都是乾坤一掷，没有顾虑，没有条件，也没有理由。这些话我已对你说了好多遍，你也许听得烦了罢？可是我一遍遍重复地对你说，我不但不烦，我还觉得无法说得更透彻，更让你体会到我的心。菁清，你为我开辟了新的天地，你带给我以无比的幸福——这情况外人不了解，有一天我要普天下的人知道你对我有多么大的影响力！我从你身上获得了新生。

菁清，今天是二月廿五日，如果顺利，还有十八天我们即可见面。你顶多再写十三四封信。我想，到了三月八日，你就可以停止给我写信了，如果还要写，也要注意，因为普通一封信要走上四五天，甚至六七天也说不定，所以可能落在别人手里。我给你写信，没有关系，可以写到十日或十一日。我们彼此写的信，都要好好收藏起，这是我们将来回忆的好资料。

遥见邮差车来，跑出去迎接，不料扑了个空，没有你的信，大失所望！悬想明天可能有两封，只好忍耐了。菁清，想念之情与日俱增，恐怕见了面两人面面相觑，一句话也说不出来。李清照的词"未语泪先流"，你要我控制情绪，我连泪也不敢流，只好瞪着眼发呆了！

爱，你这些天生活奚似，我好惦记。你是否还是在陈姐快来的时候起床？是不是起来第一桩事打开电视，然后吃咖啡饼干？是不是随后就有电话来约会外出应酬？是不是晚上还是十二点以后才睡？我的心是一个个钟头跟着你活动，想象着你做什么，担心着你是否有什么不痛快。我相信你也在怀念着我。就因为我确信你是在怀念着我，所以我才能活得下去。否则，你说，我在目前这个环境之下如何能活得下去！？

我出去散步，顺便发信。祝我的小娃身心愉快！

你的人秋秋
一九七五. 二. 廿五. 上午十时

一〇二

No. 65

我的小娃：

你要我松弛下来，我应该听你的话，但是你不知道我的处境，我这些日子好苦好苦。我衣食无缺，饱暖无虞，可是精神上空虚而紧张，情感上抑郁而兴奋。不要紧，只要我能看见你，一切都没有问题了。我知道没有多少天我们即可相晤，我今天还是要附寄一张照片给你，能比我早几天到达你的手里，也是好的。这张照片也是在我书桌前照的，手里捧着的是一本《圣经》，桌子边上犬齿形的东西是我的稿子（夹在卷宗里），身后百叶门是储藏室改造成为我的藏书室。那双红拖鞋你应该还认识，你说是女人穿的。

我希望廿二日能返台，万一事前来不及写信通知，我会打电报，电文将是"Arriving Saturday上午或下午几时flight号码"。我搭的是西北航机，flight号码即是航行班次，你打电话给西北航空公司或旅行社一问即知第几号班机是否准时抵达。抵达后我要受检查，入口及海关两道手续，等行李也颇费时间，所以我从下飞机到达机场出口要半小时至一小时的样子。如果你接我，请勿着急。如果不来接，我也了解你，绝不怪你。爱人，请自己斟酌。只有一事请你注意：如不接我，则必请在家等我。I am expecting a big kiss, dearest! 在飞机上坐十几小时，是很累，但是我归心似箭，再累也能忍受。

万一廿二日还不能成行，则只好等廿九日，那将是我最苦恼的事，但愿不如此地倒霉。你不明白我在此住着是多么苦恼。我住的地方是单人监狱，整天不能说一句话。我看见的人没有一张笑脸，好像我犯了什么罪一样。爱人，我犯了什么罪了呢？我反省，我没有犯罪。我爱一个我所认为最可爱的女人，难道是犯罪的么？好，不说这个，我越说越气！

三月十日晚七时半

一清早邮差送快信来，倒屣以迎，原来是远东公司的信，大失所望。爱，你一定笑我，恋爱中如此颠倒。我确是一心一意在你身上！

信写到三月十五日即可暂停。

收到了两封信，快活极了。一是49号，三月五日寄；一是51号，三月七日航快。你在两处收拾房屋，和工人打交道，与灰尘为伍，都是为了我。你这一生哪曾受过这样的苦？我好心疼你。爱，盼你不要过劳。

谁说你是"孤寒的寒"？我只觉得炙手可热。你的情感不露在表面上，只有有福的人才能接触到你的内心，我很幸运我有这一份福气。我们很快地就到了心心相印的境界，如有神助！"波斯猫"也只是貌似，白、胖、乖、嫩、懒，都有一点儿相似，不过就性格论就差太多了。你的性格像狮子，猛烈、高傲、倔强、独来独往、豪气干云，根本不像猫。菁清，我爱猫，我更爱狮。

51号信只有剪报及有关当局便条。那剪报，写得不坏！并没有什么太失敬的地方。"情人眼里出西施"，这句话是说我在你眼里是西施。语虽挖苦，但实际也近似，你总是说我一点儿也不算老，这不是"情人眼里出西施"是什么？西施也好，东施也好，我们相爱是真的。清清，我心里有准备，我要让普天下的男男女女知道什么叫作恋爱，什么才是幸福。亲亲，我的小娃，我们两个要做世上最被人艳羡的一对夫妻。目前受些委屈、揶揄、误会，都算不得什么！

亏你保存那张有关当局的便条！菁清，我们是有夙缘。自从去年十一月廿七日我们相识，我们两个人好像是完全失去了自主，任由命运安排一样。这就是恋爱。

我出去发信，暂停笔，午后再谈。

祝我的小乖乖安好！

你的最最心爱的人秋秋

一九七五．三．十一．上午十时心情愉快中写

我的父亲梁实秋

梁文茜

我讲的虽然是梁家的一些家庭琐事，但也反映一个时代的过程。很多人就说你们家的这些悲欢离合，风风雨雨，反映的就是中国五十年时代变迁，有很多知识分子都大同小异，有类似的遭遇。

梁家家事

梁实秋故居在北京东城内务部街20号，现在门牌是39号、40号、41号。我曾祖父是满族，在清朝是四品官儿，八旗，生下来就有皇粮。四品官儿也不算小，收入比较多，此外还在北京和南方经商，他就买了内务部街这套房子。这处故居起码有二百年以上的历史。

我曾祖父叫梁之山，他不能生育，后来就抱了一个孩子，我爷爷实际上是一个汉族，好像是从沙河那儿一个农民家里抱来的，刚出生就抱我们家了，我爷爷的亲生父亲、母亲不是满族，是汉人。

我爷爷和我奶奶一共生了十三个孩子，除一个夭折外，其他都长大了，六个男的，六个女的，我父亲排行第二，那时候叫梁治华。我大爷去世早，死于肺病，他儿子也死了。在清朝的时候都讲究妇女殉节，如果丈夫和儿子都死了，女子就要殉节。我大妈殉节以后，后来慈禧太后知道了认为这是贞节烈女，所以就赐了一个牌坊"贞烈可封"，大石头牌坊，树立在双榆树。当时那个地方有个双榆树村，给了十三亩地立了一个祠堂，表彰这些在丈夫七天没有出殡时自杀，跟丈夫一起出殡的贞节烈女。后来那个地方拆迁了，变成双榆树商场。

我母亲的娘家在安徽会馆附近。他们是一个大家庭，有小叔子、姑姑、婆婆都在一起住，后来我妈妈为什么也没上大学，因为经济比较困难，她父亲死了，我外婆是一个小脚妇女，连文化都没有，也不能挣钱。所以后来我妈妈很早就上香山慈幼院那儿工作了，日后学习画画。她跟我姑姑是同学，这样介绍就和我父亲认识了。以后他们在四宜轩约好，我爸爸上美国留学，我妈妈等他三年。我爸爸本来应该念四年回来，可是三年就回来了，因为说好了三年，不回来怕我妈妈跟别人结婚。那时候妇女只要家庭一给说好了，包办了，你愿意也得愿意，不愿意也得愿意。所以他三年以后就回来了，回来以后就跟我妈结婚。

我妈妈做饭，他在小屋里写莎士比亚，我妈妈就给他做点小吃送去。他喜欢吃虾，有点糖味的烤虾，我妈妈给他做好一小盘，给他送屋去，他也不出来，在屋里拿手捏着就吃了。我妈妈也不是学做饭的，但是她自己可以钻研，所以她做饭我们大家都爱吃。我们吃打卤面，我妈做得特别好。我妈包的饺子，我也觉得特别好吃。我父亲经常外面吃饭，有时候回来告诉我妈今天做了什么好吃，我妈就模仿给他做。反正他的衣食住行离不开我妈。关于他跟我妈的历史，有一本书叫《槐园梦忆》，他写得很动情，就是一辈子跟我妈在一起生活的琐事。我妈去世了以后，他简直觉得痛不欲生了。现在我妈埋在美国了，为什么叫《槐园梦忆》，我妈埋的美国墓地叫"槐园"，我妹妹把我父亲的那些纸笔也和我妈埋在一块儿。

一生翻译莎士比亚

我父亲一生所从事的，如果说最多的话就是教育。他从二十几岁就当大学教授，一直到六十五岁退休，没干过别的事儿，别的都是副业，写作都是副业，正经的职业就是教书，他说"我是个教书匠"。他的学生真的是桃李满天下，到处都是他的学生。因为他教了一辈子书，他写的那些教科书的讲稿现在都在台湾，大学的、中学的、小学的都有。

如果说他业余的就是写作了。他一生比较大的事业就是翻译莎士比亚。莎士比亚怎么开始翻译的呢？因为他在学校教西洋文学，当然莎士比亚在西洋文学里是有代表性的，他讲课就讲这些东西。当时胡适当校长，胡适就委托梁实秋、闻一多等四个人翻译莎士比亚，可是后来，因为这个部头太大了，莎士比亚有四十个剧本还有《十四行诗》，如果说都翻译了，这个工作量不用毕生的精力都是翻译不完的，而且莎士比亚的文字有很多都是一些古英语，很难翻，不是有很深英语造诣的就很难理解，不能把它的原意翻出来。另外还要中文文字上的秀美，要有这个修养，没有这个也弄不了，所以那三个人就干别的去了，不干这个事儿了，结果把这个任务就都放在梁实秋一个人身上了。梁实秋接了这个以后，他就决定这一辈子一定要把这个事情完成。所以，从那时候开始，他就翻译莎士比亚，一直翻译了好几十年。到他七十岁的时候，在台湾开了一个盛大的庆祝会，庆祝完成了全部的莎士比亚。但是这个中间是历经了很多风风雨雨了。二十岁开始翻，翻到七十岁，一年翻一本的话，不能间断，而且要找很多参考资料。我记得他那个牛津大字典都特别厚，都是从英国买来的，英国书店跟他长期都有联系，有什么新书和参考书都给他送；他一看目录要什么书，英国剑桥大学、牛津大学都给他送书，这样他就整天在书房里。除了教书、翻莎士比亚以外，那时候他还编一些杂志什么的，整天就蹲在书房里。他为什么感激我妈妈，他家事不管的，都是我妈妈管，他成天就在那里面，就是书呆子。家务事、带孩子都是我妈妈管。他说，没有我妈妈的话，翻译莎士比亚全集都完不成。他有痔疮，痔疮有时候流血他也不知道，他就一直写，后来我妈发现他椅子上有一大摊血。当他专心致志写作的时候，一切疼痛、其他的事情全忘了。后来我妈妈又给做了一个大棉垫，他以后就坐在上面工作。

另外他编了一套字典——《远东英汉大辞典》，属于工具书，收录了八万多条字汇，当时中国字典只有三万多条字汇，这个他是用了三年的时间，发动了两百多人，全世界各图书馆都跑遍了，收集资料，编了一套英汉词典，然后分类出版，有医学的、科学的、历史的、文化的，等等，有三十多个版本。当初联合国用的英文词典就是梁实秋主编的这本词典，我原来也不知道。为了去美国探亲，我到美国领事馆签证。办事员问我："你是梁实秋的女儿？梁实秋是我老师。"我说："怎么会是你的老师呢？"他就从他抽屉里拿出一个黄本的英汉词典，他说："我天天都在看他的词典，所以他是我的老师。我给你办移民到美国去吧。"我说："不行，我在中国当律师，我这儿有工作，我去探亲一个礼拜就要回来的。"他说："那好。"赶快就给我办了手续。另外，他还翻译了十多种其他英语文学名著，比如现在热销的《随想录》就是其中之一。

除了翻译之外，住在重庆北碚的雅舍期间，他写作了大量随笔散文，后来结集为《雅舍小品》《雅舍散文》等，出了三十多个版本，被译成多国文字，风靡全世界。

当然他也有一些嗜好了，那会儿在北京他喜欢放风筝。好像老北京人都爱放风筝，我父亲放风筝可是挺讲究的，现在的风筝可能不那么普及了。那时候我们家放风筝，各种大沙燕，有瘦长的叫瘦沙燕，一般的叫普通沙燕，黑色的叫黑锅底，还有龙顶鱼，那个眼睛能翻的，还有孙悟空。我们风筝上面都带着那个小鼓，还有上面带琴，一拉风一兜，琴就响，放上去以后就跟有乐器的声音似的。我们使用的线都不是普通的棉线，那个线不结实，放远了就会断了，使用的都是老弦，就跟拉胡琴的弦一样，特别地结实。有一个放风筝的线车，拿手一拨就转。那个轴都是硬木的轴。放远了以后，要是风平浪静的时候，把它拴在我们前院的柱子上一夜，第二天早上还在上头。可是这里面有时候也会有麻烦，因为好多人家都放，天上风筝多了，会打架的，有时候线缠在一起了，一看线缠在一起赶快往回倒，你不往回倒，人家把风筝拉人家去。我父亲喜欢玩这些东西。

平常他是逛书摊，上琉璃厂、荣宝斋、海王村这些地方逛书摊，人家那儿老板都认得他。每到逢年过节的时候，逛厂甸。在北京过年好像习惯 都去逛厂甸，就是一种庙会的性质，在新华街上搭上棚。很多摊贩都集中到那儿去，吃的东西、用的东西，甚至金银珠宝翡翠，现在都差很多了，那会儿卖羊头肉、奶酪、炸糕，反正都是北京的这些东西。我小时候特别喜欢上厂甸，又吃又喝，又买玩意儿。他带着我们去，那会儿厂甸，喝豆汁儿，吃灌肠、驴打滚、艾窝窝，大糖葫芦特别长，有好几尺长。他喜欢玩儿什么呢？爱抖空竹。有的是两头都有圆的，中间像个葫芦似的。还有一种是单头的，这边有圆的，那边没有，这样的不好抖。大空竹、小空竹， 家里有很多。他认为那个是一种运动，一到厂甸就买空竹。

老友

闻一多和我父亲曾同在青岛大学教书，他们两人关系非常好。在青岛的时候我还小，但是我记得闻一多差不多每个礼拜都上我们家（今青岛市鱼山路33号），他常抱着我玩。后来闻一多到昆明了，我父亲在重庆，两个人就不在一起了。但是那个时代，文人只有一支笔，他没有枪，别人要迫害他的时候，他只能用笔来反抗。那时候我父亲就说闻一多受抗战的影响很激进的。当时就有很多特务都跟踪他们，我爸爸也是被跟踪的对象，有一个小黑汽车老跟着他，他特别害怕。因为我爸爸说话嘴上没有遮拦，看什么不对不管三七二十一就说，得罪很多人。他就对闻说："闻一多，你自己留个心眼，你不要在公共场合这样，会受到迫害。"可是当时闻一多热血沸腾，所以最终遭到人家的迫害。后来我父亲知道以后特别伤心，因为他们俩是很好的朋友。他喜欢下围棋，当时摆的有围棋盘，有围棋子。他一拍桌子，说："一多怎么会遇到这样的事情呢。"那棋子都滚到地上去了。因为北碚的房子是木板地，很粗糙的木板地，有很多缝，他一拍那个棋子顺缝都掉下去了，抠不出来了。后来到台湾去，闻一多给他的信一直带在身边。还有闻一多当时受害的报纸，都黄了，跟手纸似的，他一直带在箱子里。

他和冰心感情也很好。因为他们都到美国留学，是在船上认识的，聊天时冰心问他："你是学什么的。"他问冰心："你学什么。"她说："我学文学的。"他说："我学文学批评的。"他和吴文藻（冰心的丈夫）都是清华的同学。在美国我父亲和冰心他们都一块儿演戏，有很多活动。后来他到台湾去以后，不知道谁传说，说冰心死了，他非常伤心，写了一篇《忆冰心》的文章在台湾报纸上发表了。后来得知冰心没有死，他觉得很不好意思，就表示很道歉，说："我听说你死了，没有死我就这样写你，很不应该。"冰心说："不对，我非常高兴，因为一个人很难知道他死了以后，别人是怎么样纪念他。"她说，"我现在知道，我死了实秋会写文章纪念我，我很高兴。"

在北碚的时候，梁实秋和老舍都在编译馆，老舍就住在我们家东边。现在都开辟成立梁实秋纪念馆和老舍纪念馆。我爸爸担任翻译英文的编辑委员会的主任，老舍晚上经常上我们家去，闲着没事儿有时候打麻将、聊天。后来开文艺晚会的时候，他们俩说相声，两人都一口北京话。说相声有一个习惯，一人拿一把扇子，作为一个道具，有时候说到哪儿，敲一下，引得大家都笑。我爸说："咱俩拿这个扇子可以当道具，你不要敲我脑袋，你不要打我。"老舍说："我不打你。"但是说到兴高采烈的时候，老舍可能忘了就敲他，一敲他，他就躲，我爸爸戴一个大眼镜，正好扇子就把眼镜给打下来。我爸爸穿着长袍马褂说相声，赶紧拿衣裳一兜，就把眼镜兜住了，眼镜没有掉地上，省得摔碎。但是底下就哄堂大笑，人家以为就是导演给他们做的滑稽的动作呢，实际上不是，实际上临时发生了这么一件事儿，所以很多记者都拿这个作为一个趣闻。

后来台湾推荐诺贝尔奖获得者，人家推荐梁实秋，梁实秋说我不行，说这是中国代表就给一个名额，说台湾这么一个小地方代表不了中国，人家说那你推荐一个，谁行呢？他说我看就老舍行。可是那时候老舍已经死了，他还不知道呢。后来一问，老舍死了，人家说你推荐别人吧。他想了半天，那推荐不出来了。所以后来就没有了。据说把这个名额给了日本。老舍死了以后，我上美国探亲，老舍的夫人胡絜青给我写了"健康是福"四个大字。胡絜青是书法家也是画家，我给父亲拿过去，父亲心里特别感触。

我父亲年轻的时候，与徐志摩、青岛大学的校长、《新月》杂志社的那些人都是很熟悉的。后来我父亲到台湾去了，跟这些人联系少了。像季羡林就和我父亲关系特别好。那时候季羡林在犹豫学什么好呢，学东方语文学系是少数，全中国人没有几个人学。我父亲说你就学这个吧，学这个好，越少数越好，全中国就你一个人会。季羡林就在东方语文学系学少数语种，后来他当然推广了，他学了很多国的文字，所以季羡林对我父亲是很尊重的。在学术上我父亲也非常器重（季羡林），那时候他还年轻，觉得他将来特别有出息。

中国人

我是学法律的，不太懂得文学，所以有时候人家采访我的时候，我就不怎么谈文学的事情，因为不懂，胡说八道让人笑话，但是耳濡目染也知道一些，我父亲对于文学，他不希望有什么束缚，他说我想到什么就可以写什么，不希望别人给他定一个条条框框，中国的文学上有很多流派，过去八股文就是条条框框，就得起承转合，做诗平平仄仄，就得押韵，写散文的可以超脱一些。这样就跟有些流派认识不一致，那也是可能的，但是这些事情不要去指责什么，将来从历史上自有定论，因为每一种科学也好、艺术也好、文学也好都有流派，你说张大千的画好还是徐悲鸿的画好，那就不好比。文学上也有各种流派，当然也受各种政治思想的影响，那是不可避免的。因为生在这个时代里，不能脱离这个时代，当然那都是历史上的事情了。谈到鲁迅的事情，我知道鲁迅的后代在台湾跟我父亲关系好的，经常上我们家吃饭去，照了相片给我。现在台湾和大陆和平相处亲如一家了，求同存异了，就别再揪住历史的问题，历史的问题就是历史。再过五百年或者五千年以后，你再回过头来看现在的事情那就更客观了。

人不管流浪到多远，对于故乡的感情永远是割不断的。我父亲死的时候，穿着一身中式的长袍马褂，不要穿西装。他上美国去，人家让他入美国籍，他说我不入美国籍，我是中国人，我以是中国人为自豪。他说如果说中国和美国要发生冲突的话，我必然要站在中国这边，因为我是中国人。

梁实秋虽然是搞文学的，但是爱国的思想贯穿在他思想里头。从我们家里来说，一直也都是教育子女都要爱国。那时候抗日战争，后院有一个井，我奶奶常年老设一个祭台，摆上水果，就是纪念抗日战争牺牲的这些阵亡将士，我们都去磕头。那时候行礼，不是鞠躬就是磕头。我父亲他对于中国，以自己是一个中国人而自豪。我父亲是老知识分子，所以对于说吃也好，北京一些玩的东西也好，过年的风俗习惯也好，都好些体现在他的文章里头，其实这么大岁数了，还想吃这口东西也不见得，一种感情上的寄托罢了。

我的父亲梁实秋

梁文蔷

作为梁实秋的幼女，现定居于美国西雅图的梁文蔷也已是七旬老人。营养学博士梁文蔷并没有"子承父业"，但来自父亲生前的鼓励，一直成为她勇敢地拿起笔的动力和缘由。虽然父亲离去已近二十年，但提起往事，那样一位真性情的父亲还时时让她沉浸于快乐、忧伤和怀念交织的复杂情感中。

少年梁实秋

多少年来，我始终忘不了那个场景：一九八二年夏，父亲最后一次到西雅图来探望我，有一天，父亲坐在书桌前，我斜倚在床头，夕阳从白纱窗帘中照进来，屋子里显得很安静，但也不知为什么，我总感觉又有那么一点点凄凉的味道。我当时正处于博士论文的最后阶段。

"我发誓，写完这篇论文，一辈子再也不写文章了。"我有些发泄地抱怨。

"不行，你至少还得再写一篇。"父亲很平静地回答我，好像在凝视很远的一个地方，片刻，他说，"题目已经给你出好了。"

"什么题目？"

"梁实秋。"父亲直视着我，慢慢地说出了这三个字。

我立刻明白了父亲的意思，一时无法控制自己，失声痛哭起来，而父亲也没有再说一个字，只是默默与我一起掉泪。

我明白这是父亲对我的最后期待。我明白，他是希望我这个小女儿来写一个生活中真实的父亲，不是大翻译家，不是大学者，而就是一个普通的"爸爸"。

父亲祖籍浙江余杭，一九〇三年生于北京。祖父梁咸熙是前清秀才，同文馆英文班第一班学生。家境还算优越，所以可以不仕不商读书为乐。

梁家是一个传统的中式大家庭，父亲很小的时候，祖父便请来一位老先生，在家里教几个孩子，后来又将父亲送到私立贵族学校，这些都为父亲打下了很好的古文功底。很多读者都喜欢他的《雅舍小品》，我想原因之一就在他把文言和白话结合在一起，既清新雅致，又有幽幽古意，用典多而不生涩。

父亲十四岁，祖父的一位朋友劝告他投考清华。虽然同在北京城，但在那时是一个重大决定，因为这个学校远在郊外，而且在这个学校经过八年之后便要漂洋过海背井离乡到新大陆去求学。

我想清华八年对父亲一生的影响是持久而深远的。清华那时叫"清华学堂"，这所留美预备学校，完全是由美国人进行的西式教育，所以在课程安排上也特别重视英文，上午的课，如英文、作文、生物、化学、政治学、社会学等一律用美国出版的教科书，一律用英语讲授——林语堂先生还曾教过父亲英文；国文、历史、修辞等都放在下午，毕业时上午的课必须要及格，而下午的成绩则根本不在考虑之列，所以大部分学生都轻视中文课程，但因为父亲一直很喜欢中国古典文学，所以下午的课他也从不掉以轻心。

在清华上学时，父亲与梁启超的儿子梁思成是同班同学，梁思永、梁思忠也都在清华。毕业前一年，他们几个商议请梁启超来演讲。当天梁启超上讲台时，开场白只有两句，头一句是："启超没有什么学问——"眼睛向上一翻，又轻轻点一下头，"可是也有一点喽！"演讲的题目是《中国韵文里表现的情感》，父亲回忆说，梁先生情感丰富，记忆力强，"用手一敲秃头便能背诵出一大段诗词"；讲到动情处，悲从中来，竟痛哭流涕不能自已。父亲晚年回忆，他对中国文学的兴趣，就是被这一篇演讲鼓动起来的。

清华对体育特别重视，毕业前照例要考体育，跑步、跳高、跳远、标枪之类的父亲还可勉强应付及格，对他来说，最难过的一关是游泳。考试那一天，父亲约好了两位同学各持竹竿站在泳池两边，以备万一。他一口气跳进水里马上就沉了下去，喝了一大口水之后，人又浮到水面，还没来得及喊救命，又沉了下去……两位同学用竹竿把他挑了起来，成绩当然是不及格，一个月后补考。虽然苦练了一个月，补考那天他又开始一个劲地往下沉，一直沉到了池底，摸到了滑腻腻的大理石池底，好在这次稍微镇静些，在池底连着爬了几步，喝了几口水之后又露出水面，在接近终点时，从从容容地来了几下子蛙泳，把一旁的马约翰先生笑弯了腰，给了他一个及格。父亲后来回忆，这是他毕业时"极不光荣"的一个插曲。

负笈美国

一九二三年八月，清华这一级毕业生有六十多人从上海浦东登上"杰克逊总统号"远赴美国。

其实父亲对去美国并不是那么热衷，一是因为那时他已经与母亲偷偷恋爱；二来对完全陌生的异域生活多多少少会有些恐惧心理。闻一多是父亲在清华时结识的好友兼诗友，未出国时两人还商量，像他们这样的人，到美国那样的汽车王国去，会不会被汽车撞死？结果比父亲早一年去美国的闻一多先生，来信第一句话便是："我尚未被汽车撞死！"随后劝他出国开开眼界。

我从小就知道闻一多是父亲的好朋友。因为他老提闻一多，还喜欢说些和闻一多在美国时的趣事。一九四六年夏，父亲在四川北碚的雅舍获悉闻一多遇刺，他当时的悲恸让我终生难忘。

在那艘开往美国的轮船上，除了清华这批学生外，还有来自燕京大学的许地山和谢婉莹（冰心）。冰心当时因为《繁星》与《春水》两部诗集，在全国已经很有名，而父亲此前在《创造周报》上发表评论，认为那些小诗理智多于情感，作者不是一位热情奔放的诗人，只是泰戈尔小诗影响下的一个冷峻的说理者。

结果文章发表后没几天，他们就在甲板上相遇。经许地山介绍，两人寒暄一阵，父亲问冰心："您修习什么？""文学。你呢？"父亲回答："文学批评。"然后就没话说了。

因为旅途漫长，不晕船的几个人，父亲、冰心、许地山等人兴致勃勃办了一份壁报，张贴在客厅入口处，三天一换，报名定为《海啸》。冰心的那几首著名的《乡愁》《惆怅》《纸船》就在这时候写的。冰心当初给父亲的印象是"一个不容易亲近的人，冷冷的好像要拒人千里之外的感觉"。但接触多了，父亲逐渐知道，冰心不过是对人有几分矜持而已。冰心后来写首小诗戏称父亲为"秋郎"，父亲很喜欢这个名字，还以此为笔名发表过不少作品。

后来成为冰心丈夫的社会学家吴文藻是父亲在清华时的同学，他与冰心、吴文藻的友谊也维持一生。"文革"中，父亲在台湾听说"冰心与吴文藻双双服毒自杀"，非常悲痛，写了一篇《忆冰心》。文章见报后，女作家凌叔华给父亲写信，告知这一消息是误传，父亲虽然觉得有些过意不去，但总算由悲转喜。

一九八一年，我第一次回大陆。临行前，父亲嘱咐我替他找三位朋友——冰心、季羡林和李长之。我如愿地找到了前两位，最后一位一直下落不明。是一直留在北京的大姐梁文茜带我见的冰心，当时她正在住院，虽然一直躺在那儿，仍能感觉到她的风度和优雅。我送给她父亲的一本书，我说："爸爸让我带句话，'他没变'。"冰心开心地笑了说："我也没变。"我并不清楚他们之间传达的是什么意思，但我相信，他们彼此都明白那份友谊的力量，是足以超越时间和空间的。

在科罗拉多大学获得学士学位后，一九二四年秋，父亲进哈佛大学研究院学习。那时候在哈佛和麻省理工有许多中国留学生，经常走动。父亲性格温和，朋友很多，他的公寓也成了中国学生活动的中心之一。有一次父亲正在厨房做炸酱面，锅里的酱正扑哧扑哧地冒泡，潘光旦带着三个人闯了进来，他一进门就闻到炸酱的香味，非要讨顿面吃，父亲慷慨应允，暗地里却往小碗炸酱里加了四勺盐，吃得大家皱眉瞪眼的，然后拼命找水喝。父亲敢这样恶作剧，也是因为他和潘光旦在清华时就是互相熟识的好朋友。

一九二五年，中国学生会要演一出英语的中国戏，招待外国师友，筹划的责任落到父亲和顾一樵身上。父亲平时就喜欢话剧，他经常和顾一樵省吃俭用跑到波士顿市内的一个戏院里看演出。顾一樵选了明朝高则诚写的《琵琶记》编成话剧，剧本则由父亲译成英文，他还亲自演戏中男主角蔡伯喈，冰心演丞相之女。

上演前，父亲他们还特地请来波士顿音乐学院专任导演的一位教授前来指导。这位教授很是认真，演到父亲扮演的蔡伯喈和赵五娘团圆时，这位导演大叫："走过去，亲吻她，亲吻她！"但父亲无论如何鼓不起勇气，只好告诉那位尽职的导演，中国自古以来没有这样的习惯，导演只好摇头叹息。

动荡岁月

父亲在美国待了三年，奖学金还没有用完就回国了。他急着回国，是因为我母亲。母亲自幼丧父，和她的叔叔们住在一起，在那个时代，不经媒妁而自由恋爱可是件惊世骇俗之事。眼看年纪一天天大了，家里的叔父张罗要给她定亲，父亲在美国着了急，学习一结束赶紧就回国了。一九二七年二月十一日，父亲与母亲在北京南河沿的欧美同学会举行了婚礼。

结婚后，父亲与母亲在上海生活了三年，父亲教书为生。在上海时，他们与罗隆基、张舜琴夫妇为邻，这对夫妇时常在午夜爆发"战争"，张舜琴经常哭着跑到我家诉苦，每次都是母亲将她劝回去。

那一段时间，父亲与胡适、徐志摩等人过从甚密，都是"新月派"的人，父亲与徐志摩管胡适叫"大哥"。后来各自忙各自的事情，来往不多。父亲也是在那段时间，与鲁迅先生爆发了著名的"论战"。

父亲生前不大提他与鲁迅的是非，那时我们在台湾，鲁迅的书与毛泽东的书一样，都属禁书，所以年轻时我并不知道他们有什么"过节"。直到后来到了美国，我才陆续读到他们当年的文章。有一次我问父亲："你当年和鲁迅都吵些什么？"父亲回答很平静，他说，他们之间并没有什么仇恨，只不过对一个问题的看法不同，其实他还是很欣赏鲁迅的。鲁迅认为文学是有阶级性的，而父亲更强调文学的人性，比如母爱，穷人有，富人也有，不论阶级，不管穷富，母爱不是政治的工具，它是永恒的人性，这就是父亲的信念。

一九三〇年，父亲又带着我们全家来到青岛教书。我就是一九三三年在青岛出生的，但不到一岁时，因为父亲被胡适先生邀到北大教书，我们一家又回到了北京。其实我对青岛没有任何印象，但一九九九年我特地到青岛，回到我的出生地、当年我们生活过的地方，一看石碑上刻着的"梁实秋故居"几个字，我还是忍不住潸然泪下。

北京的生活没安定多久，一九三七年七月抗战爆发，闻听自己上了日本人的"黑名单"，父亲当即写下遗嘱，孤身逃离北京。父亲也是第一批从北京逃出来的学者之一。在天津的罗隆基家借住几天后，父亲又辗转到了南京、重庆，自此与我们分离了六年之久。

一九四四年，母亲只身一人，带着我们三个孩子十一件行李，从北京南下，借助各种交通工具，一路跋涉到了重庆北碚，与父亲团聚。我还能记起到达的那一天，母亲带着我们站在屋子里，有人去办公室喊父亲，父亲进门后跟母亲说了句什么，然后父亲紧盯着我们三个孩子，激动地说："这就是我的孩子，这也是我的孩子！"

在很多人眼里，父亲是个"洋派十足"的人，这可能归根于父亲在美国留学时养成的一些习惯。但骨子里，父亲绝对是一个有很深中国文化情怀的人。他从美国回来立即抛开钢笔用起了毛笔，直到抗战结束后，才不得不又用起钢笔。很多人问我："你父亲英文那么好，是不是在家里整天和你说英文？"恰恰相反，父亲在家从来不跟我说一句英文，他只说北京话，穿那种手纳的千层底布鞋。从美国回来教书时，他口操英语，却总是长袍马褂，千层底布鞋，叠裆裤子还要绑上腿带子，经常引得时髦男女窃笑。

抗战结束后，我们一家又回到了北京。但战火并没有就此熄灭，一九四八年底，形势已经开始不稳，父亲带我和哥哥先从北京赶赴天津，想抢购船票去广东。母亲留在北京处理亲戚的房产，准备第二天去天津与我们会合。不料当天晚上铁路中断，我们父子三人进退维谷。母亲急电，嘱我们立即南下，不要迟疑。第二天，我们三人惶恐不安地登上了轮船，却不知以后会怎么样。

当我们漂泊了十六天到达广州后，得知母亲成了北京城最后起飞的两架客机上的乘客之一。那时北京还没有天安门广场，就是把东长安街上的树砍倒，作为临时跑道，母亲乘坐的飞机擦着树枝尖起飞。我们一家人在广州又团聚。

当时大姐文茜已从北大毕业，因为结婚嫁人，没有同我们一起走。而哥哥文骐正在北大读书，到了广州后，哥哥觉得台湾没有什么好大学，最后决定回北京继续上学。结果我们自此与哥哥、姐姐生死不明地分隔了几十载。当时没有人会预料到分隔得那么久，如果预料到那种结果，我想我们一家死也不会分开的。

漂泊台湾

初到台湾时，我们可以说是"无立锥之地"。离开大陆时，母亲让我们每个人准备一个小箱子，怕兵荒马乱时一家人一旦分散，只要抓住这个小箱子就还能有一点点生存的资本。那个小箱子除了几身换洗衣服，几本破书外，别无他物。

台湾那时也有"白色恐怖"，报纸、杂志都是被控制的，父亲在台湾时，交游不广，为了谋生，教书、写文章。有一天，突然来了三五位便衣敲门，声称亲眼看见窃贼逃到我家，要入室搜查。其实抓贼是假，这几个人最后直接过来翻阅父亲的文稿和书籍，想知道父亲是否有"思想问题"。父亲颇为震怒，要求当局调查，但最后当然不了了之。

我到美国留学后，与父母保持每周一次的通信。有一次父亲遇到一位朋友，对方竟说他知道父亲给我写的信中的一些内容，父亲大惊，才知道往来信件也会被偷偷地检查。

在台湾时，父母还遭遇过这样一件事。那一年我的假期结束马上准备返美，母亲为了款待我，特地做鳝鱼给我吃。突然听到有人按门铃，有一男子身穿军装戴着墨镜，自称是父亲的学生。父亲正准备起身迎接时，男子突然掏出手枪，对准父亲，还把枪膛中的子弹退出来给父亲看，表示是真刀真枪，不是开玩笑的。父亲镇静地拍了拍来人的肩头，让他坐下来。那人真的坐下来，但仍以枪指着父亲。我冒险从边门溜出，跑到邻居家借电话报警。

待我回来，强盗已经离去。他向父亲要去了"欧米伽"手表、母亲的假首饰和一些买菜钱。强盗临走时曾威胁父亲不可报警，否则会回来灭门。见我已报了警，大家心神不定地过了一晚，连电灯都不敢开，还把窗帘都拉起来，请求警察保护。结果警察在我家客厅守了一夜。

那个"欧米伽"是父亲过生日时，三十位朋友联合送的，父亲很喜欢，好在我之前有心，把手表的出厂号码抄下来，记在父亲的记事本上。结果第二天警察就在当铺找到了那块表，立即人赃俱获。父亲去警局办手续时正巧遇到那个强盗，他停下来对父亲说："梁先生，对不起您！"父亲也有些难过。后来我们知道在当时的"戒严法"下持械行劫，无论赃物多少，都一律死刑，何况他又是现役军人，虽然母亲后来替他求情，但也无助于事。

不尽的思念

到了台湾，父亲又重新开始翻译莎士比亚的工作。

父亲翻译莎士比亚剧本始于抗战前，那时我只有四五岁。后来因抗战，颠沛流离，只译了十本，便停顿下来，因为翻译莎士比亚是没有钱的，为了我们一家，父亲必须谋生，教书、写文章。生活相对安定下来后，他又开始有计划地翻译。父亲给自己规定，每天要译两千字。台湾的天气很热，那时也没有冷气，父亲这个北方人对气候颇不适应，他又很胖，非常怕热，经常挥汗如雨。父亲非常有毅力，如果因为有事未能完成预计的工作，第二天加班也要把拖下的工作补上。

翻译莎士比亚，是胡适先生的建议，最初是父亲与另外两个人一起翻译，但那两位后来中途退出，只剩下父亲一人坚持。翻译莎士比亚是件苦事，因为他全部用古英文写作，我曾经向父亲抱怨说，我根本看不下去莎士比亚的原文，父亲笑着说："你若能看懂的话，那就不是莎士比亚了。"

父亲每译完一剧，就将手稿交给母亲装订。母亲用古老的纳鞋底的锥子在稿纸边上打洞，然后用线缝成线装书的样子。没有母亲的支持，父亲是无法完成这一浩大工程的。翻译莎士比亚没有收入，母亲不在乎，她没有逼迫丈夫去赚钱，而是全力以赴支持父亲。这一点，在我小时候并没有深深体会，长大结婚，有了家庭后，才能理解母亲当年的不易。

父亲喜欢吃，他不做，但喜欢品。到台湾、美国后，他时常念叨北京的小吃，什么爆肚、炒肝、糖葫芦之类，后来也有朋友从大陆带一些老北京的小吃给他，父亲尝了后，总是摇头叹气："不一样，不一样！"

我在台湾与父母一起生活了十年，因为哥哥姐姐的失散，成了"独生女"。饭后，我们经常坐在客厅里，喝茶闲聊，话题多半是"吃"。话题多半是从当天的菜肴说起，有何得失，再谈改进之道，话题最后，总是怀念在故乡北京时的道地做法，然后慨叹一声，一家人陷于惆怅的乡思之情。

父亲与母亲的感情很好，他们后来跟着我到西雅图生活了一段时间，我时常在汽车的后视镜里很"嫉妒"地发现，他们还经常手拉手坐在一起。一九七四年四月三十日上午，父亲与母亲照样手拉手到附近市场购物，市场门口一个梯子突然倒下，正好击中了母亲。母亲被送到医院进行抢救，因伤势很重，需要动大手术。临进手术室前，母亲以一贯的自我克制力控制自己，既不抱怨，也不呻吟。进手术室前，她似乎已有所预感，对父亲说："你不要着急，治华（编者注：梁实秋的本名为梁治华），你要好好照料自己。"几个小时后，护士出来通知，母亲已不治。我永远忘不了那一刻，父亲坐在医院长椅上开始啜泣，浑身发抖，像个孤苦无依的孩子……

中山公园的四宜轩是他们当初定情之地。一九八七年，我借到北京开会之机，专程到中山公园拍了许多四宜轩的照片，带回给父亲。但父亲还是不满足，说想要一张带匾额的全景。可惜四宜轩房屋尚在，匾额早已无影无踪。后来大姐文茜又去照了许多，托人带给父亲。父亲一见照片就忍不住落泪，只好偷偷藏起来，不敢多看。

父母在世时，他们尽量不提哥哥、姐姐的事情，尽管他们心里都明白对方的痛苦和思念。母亲信佛，每天烧香祈祷，这样她的精神才能支撑下去。就在母亲去世后一个月，父亲终于辗转知道了哥哥、姐姐仍然在世的消息。

他特地跑到西雅图母亲的墓地前，告慰母亲。

一九八一年夏，我第一次回大陆探亲，回到了儿时居住的庭院，却已是物是人非。临行前，大姐文茜折了一小枝枣树叶，上面还有一个小青枣，让我带回台湾，送给父亲。这棵枣树是我们在北京时老枣树的后代，老树早已被砍去。我小心翼翼地把枣叶包好，回到台湾后，把在大陆的见闻一五一十地向父亲汇报，其中包括姐姐文茜、哥哥文骐三十三年的经历，讲到激动处，时常与父亲相顾而泣。那个枣和树叶后来都枯萎了，父亲把叶子留下来，放在书里，珍存着。

一九八六年，我最后一次赴台探望父亲。临走时与父亲在客厅中道别，父亲穿一件蓝布棉外衣，略弯着腰，全身发抖。他用沙哑的声音不厌其烦地告诉我怎么叫出租车，怎么办出境手续等，那一刻，他又把我当作他的没出门的小女儿。那一次离家，我充满了不祥之感。

一九八七年十一月三日，父亲因突发心脏病住院。当时，小量的输氧已经不够。父亲窒息，最后扯开小氧气罩，大叫："我要死了！""我就这样死了！"此时，医生终于同意给予大量输氧，却发现床头墙上大量输氧的气源不能用，于是索性拔下小量输氧的管子换床。就在这完全中断输氧的五分钟里，父亲死了。父亲强烈的求生欲望一直支持他到心脏停止，他留下的最后五句绝笔之一是："我还需更多的氧。"没想到父亲留在人间最后的字迹，竟然是这样的求生呼号。每想到此，我便有肝肠寸断之感。

我的父亲梁实秋

梁文骐

父亲学了一辈子英文，教了一辈子英文。晚年尚编写了《英国文学史》和《英国文学选》。十四岁入清华读书八年，留美三年，退休后又居七八年。似乎应该西化颇深。其实不然，父亲还是一个传统的中国读书人。中学为体，西学为用，在父亲身上，似乎获得成功。

祖父是前清秀才，家境优裕，所以可以不仕不商读书为乐。祖母育子女十二人，二夭折。存五子五女。父亲是次子，但长子早逝，所以在家庭中实际是长子，最为祖父钟爱。旧式瓦房的三间东厢房，是祖父的书房。设一床，午睡。自地及宇，皆书，不见墙。此书房是个森严的地方，孩子是不准进去玩的。就是叔叔姑姑们长大，仍是不进这书房的，父亲是唯一的例外。父亲在北京大学任教时，我四五岁。我记得父亲老是坐在祖父书房里，不知谈些什么。

父亲并不治小学，祖父的那些书，我想父亲也未曾读过。但书的存在，即是一种教育。父亲小时候上公立小学，然而祖父仍延请了一位周老师来家做塾师，授古文。我七八岁时，在父亲书房里曾发现过父亲小时候的作文簿，之乎者也，我看不懂。父亲考清华时，先初试入围，然后由一个督军之类的大官堂试。一列小孩，长衫飘飘，由马弁引领，鱼贯登堂，设几做文。

父亲因有塾学根底，以首卷高第。所以，清华虽是洋学堂，以英语教育为主，父亲却是先有了塾学熏陶。幼年的灌注，对于他一生的治学、立世，有着不可磨灭的影响。

父亲晚年，倒是穿西装。而教书十年，口操英语，却总是长袍马褂，千层底布鞋，叠裆裤子还要绑上腿带子，很土。初次上课，时髦的男女学生往往窃笑，父亲也不在乎。好在外观上的不调和，并不妨碍授课。在北京师大，有一次讲Burns的一首诗，情思悱恻，一女生泪如雨下，讲到惨怛处，这女生索性伏案大哭起来。我问父亲："您是否觉得很抱歉？"父亲说："不。Burns才应该觉得抱歉。"

父亲年轻时不甚用功，据他自己说，三十岁之后才晓得用功。其实这还不算很迟。苏老泉也是二十七岁才用功念书的。至于十有五而志于学，固然今之国中生类多能之，上学之外，补习班、家教，双管齐下。而在父亲那个时代，并不多见。照我的观察，父亲的用功，也还未到"焚膏油以继晷，恒兀兀以穷年"那种程度。到了晚年，知来日之无多，才如饥似渴地猛读起来。像《二十四史》这样的重磅巨著，也通读无遗。

总的来说，父亲虽然数十年手不释编，但是他的兴趣却很广泛。也许习文学的人应该如此吧。父亲喜欢书画。中国的历代书法家，他最推崇右军，常常叹息："右军的字实在无法学得到"。父亲写过不少条幅，中年以前写稿写信都是用毛笔，晚年才改用钢笔、圆珠笔。大概是比较省事省力吧。也画过一些梅花、山水。但过了中年就不再画了。也治过印。镌刻的章，皆放在北平家中，乱湮烟灭无存矣。至于博弈，亦是父亲所好。抗战时期，在四川北碚，家中常有竹战。但他从不出去打牌。文人之耽于麻将者，恐怕梁任公当推第一人。据说任公主编报纸，许多社论即是任公在牌桌上口授笔录而来。父亲之耽麻将远不至此。家中的另一种战争是围棋。棋客入室，不遑寒暄，即狂杀起来。他们下的那种棋，日本谓之"围碁"。落子如飞，如骤雨，如爆豆，速度既快，盘数遂多。输的红了眼，赢的吃开了胃。在恨恨声、惊呼声、抗议声、嘻嘻的笑声、喃喃的自语声、哀叹呻吟声中，在桐油灯的暗弱光线下，不知东方之既白。父亲的兴趣不限于亲炙，壁上观也同样盎然不倦。几位感情特别丰富的棋客，父亲最爱观赏。北碚时代过去，博弈之事遂告浸绝。

父亲爱看体育竞技。但体育运动是父亲之所短。在清华读书时，马约翰先生主管体育，督导甚严。父亲的游泳课不及格。补考，横渡游泳池即可。据父亲说，砰然一声落水，头几下是扑腾，紧跟着就喝水，最后是在池底爬，几乎淹死。老师把他捞起来，只好给他及格。父亲玩过的球类运动，有乒乓球、棒球两种。我见过父亲打乒乓球，彼时腹围已可观，手握横拍立定不动，专等球来找他。打棒球，我未及见。但直至辞世，父亲对棒球情有独钟。每逢电视有棒球赛，父亲必是热心观众。

父亲写过谈吃数十文。在吃的方面，父亲无疑是伊壁鸠鲁主义者。自罹患消渴后，禁糖。他本非特嗜甜食，但是物以稀为贵，此刻甜点、巧克力、汽水、较甜的水果，乃至放了糖的菜肴，一齐变成了伊甸园中的美味苹果，越不准吃越想吃。此上帝之所不能禁也，纵然不能公然大嚼，私下小尝实所多有。每以此发病，赖有特效药耳。戒烟酒，则是父亲的胜利战例。烟量原是每日两包，戛然而止。酒量是两瓶白干，后来则只饮啤酒小盅。茶，父亲本也喝得很考究，晚年则很少喝茶，喝也极淡。

父亲不信鬼神。但于佛教颇有兴趣。在广州中山大学时，外文系主任（林 x x）笃奉密宗，常在家中设坛行法。画符、诵咒、灌顶等皆不必说，最奇的是"开顶"。据说人死之后，灵魂困于脑股之内，无由飞升，乃至沦陷。欲免此厄，须诚心下跪，由法师念咒，以青草一根，插进头顶二寸，开一小孔，谓之"开顶"。如此一旦涅槃，魂灵儿就由那小孔一溜烟飞进天堂，绝无困滞。父亲常去观法，也借佛经回来看，唯有"开顶"，父亲不干。父亲之好佛，端在佛典中哲理部分，不及其他。

父亲之晚年，是非常特殊的一个阶段。除了读书写作之外，一切都淡薄了，一反"座上客常满、樽中酒不空"之往日，深居简出，与世隔绝。父亲逝世后，台视李惠惠女士打电话来："几次要去访问令尊，都被令尊拒绝了，所以至今还不知道令尊家在何处。现在令尊已经去世，是否可去令尊家访问了呢？"这一次的访问，终于实现。父亲已不复能拒绝。父亲在赠琦君女士的金缕曲结尾云"营自家生计。富与贵浮云耳。"这正是他晚年之心声。

父亲的最后几分钟，乃以缺氧致死。当时，小量的输氧已经不够。父亲窒息，索笔，手颤不能卒书，先后写了五次，要更多的氧。此是父亲握管八十年的最后绝笔。最后，父亲扯开小氧气罩，大叫："我要死了！""我就这样死了！"到了这个时候，中心诊所主治医生终于同意给予大量输氧，但却发现床头墙上大量输氧的气源不能用，于是索性拔下小量输氧的管子，换床。七手八脚忙乱了五分钟。就在这完全中断输氧的五分钟里，父亲死了。一去不返！哀哉！

图书在版编目（CIP）数据

今生只活得深情二字 / 梁实秋著. -- 北京 : 北京时代华文书局，2018.3
ISBN 978-7-5699-2034-5

Ⅰ. ①今… Ⅱ. ①梁… Ⅲ. ①散文集－中国－现代 Ⅳ. ①I266

中国版本图书馆CIP数据核字(2017)第314905号

今 生 只 活 得 深 情 二 字

JINSHENG ZHI HUO DE SHENQING ER ZI

著　　者 | 梁实秋

出 版 人 | 王训海
选题策划 | 陈丽杰
责任编辑 | 陈丽杰　汪亚云
封面设计 | 尚燕平
版式设计 | 孙丽莉
内文图片 | 圃　生　夏　厦
责任印制 | 刘　银　范玉洁
团购电话 | 010-64269013

出版发行 | 北京时代华文书局 http://www.bjsdsj.com.cn
　　　　　北京市东城区安定门外大街138号皇城国际大厦A座8楼
　　　　　邮编：100011 电话：010-64267955 64267677
印　　刷 | 北京凯德印刷有限责任公司　　电话：010-87743828
　　　　　（如发现印装质量问题，请与印刷厂联系调换）
开　　本 | 787mm×1092mm　1/16　印张 | 15　字 数 | 180千字
版　　次 | 2018年3月第1版　　　印 次 | 2019年4月第2次印刷
书　　号 | ISBN 978-7-5699-2034-5
定　　价 | 42.00 元

深情二字

只活得

今生